Decorados

Para Teresa, esta loca historia de amor y deseo

2024 (enero 12)

Atlantis Ediciones
Narrative Books

Primera edición
Enero 2024

Calle Virgen de las Nieves, 62
28300 Aranjuez (Madrid)
Tlf: 91 8657736
atlantis@edicionesatlantis.com
www.edicionesatlantis.com

ISBN: 978-84-128152-0-7
Depósito Legal: M-35896-2023

Decorados

HERMINIO NICOLÁS

Atlantis Ediciones
Narrative Books

Todos los personajes que aparecen en la novela son ficticios, fruto de la imaginación del autor, incluso aquellos cuyos nombres coinciden con personajes conocidos de la historia.

PRIMER DÍA
Mario

Ocho menos cinco de la tarde

Llegó al teatro con el tiempo justo. No es que tuviera que darse prisa para alcanzar su butaca, pero tampoco podía demorarse viendo los distintos carteles y fotos del elenco que colgaban de las paredes del vestíbulo, de gusto rococó y un tanto sobrecargado. No era la primera vez que asistía a una función teatral en aquel local. De hecho, pensó en el instante en que enseñaba la entrada a la puerta, era el teatro en el que más obras había visto en la ciudad de Madrid, y no eran pocas. No obstante, le hubiera gustado pasearse con calma observando y deteniéndose en los viejos murales que seguían anunciando obras de hacía décadas, la mayoría de cuyos actores estaban ya muertos y olvidados. No le incomodó demasiado, porque pensaba que tendría tiempo de hacerlo a la salida, si no se lo impedían los trabajadores del local. Tenía la intención de esperar un buen rato fuera de la sala cuando terminara la función.

Se sentó en el lugar asignado en la entrada y recordó que, al comprar el boleto por internet meses antes, estaba casi toda la platea libre; sin embargo, ahora tuvo que hacer varios ejercicios gimnásticos para poder acceder al asiento, pues era de los últimos en llegar y los demás espectadores ocupaban ya sus plazas desde hacía un buen rato; de hecho, aún no había tomado posesión de su sitio cuando las luces de la sala comenzaron a atenuarse.

Había hecho bien adelantándose tanto en la compra, porque tenía especial interés en asistir a la representación desde ese lugar privilegiado que era la segunda fila y bien centrado, y no tenía ninguna duda de que, de haber esperado solo unos días, hubiera quedado relegado a ver la función desde unos cuantos metros atrás. Lo cierto es que, más que obtener un buen asiento, lo que de verdad le había impulsado a sacar la entrada con tanta antelación, tan solo un día después de puestas a la venta, había sido el poco margen que tenía para poder ver esta obra en Madrid y la alta probabilidad de no poder elegir tan alegremente fecha, de haber esperado más tiempo.

Desde hacía dos años vivía en una ciudad del norte de Francia donde ejercía como periodista corresponsal para varios medios, fundamentalmente escritos. El trabajo desempeñado no era de lo mejor a lo que podía aspirar en ese momento de su vida, pero anteponía a esa ligera inconveniencia la posibilidad de establecerse unos años en el país vecino; además, el sueldo era bastante sustancioso. Apenas le quedaban unos años, muchos menos de los que le gustaría, pues eso indicaba que iba envejeciendo, para poder jubilarse con cierta holgura económica y había decidido pasar ese último periodo en esa ciudad, que conocía tan bien por las incontables visitas y estancias en casas de amigos que había disfrutado desde su juventud, cuando la descubrió y se enamoró de ella sin remedio, al mismo ritmo que se desenamoraba, también entonces, de su única novia.

Francia era una asignatura pendiente y se le estaba dando francamente bien. Estaba disfrutando de una segunda juventud, con nuevos amigos, experiencias, viajes y proyectos profesionales. No había nada de lo que quejarse, aunque eso no quería decir que no lo hiciera, pues ya estaba en una edad en que los desengaños y las experiencias repetidas llevan, en muchas ocasiones, a una suerte de perpetua irascibilidad. Era relativamente feliz, a fin de cuentas.

En octubre había decidido ya el plan para las próximas navidades. Viajaría a Madrid, desde donde se desplazaría por carretera al norte para pasar con su hermana y sus sobrinos la nochebuena. Dos días después tomaría otro avión a Nueva York para completar allí el resto de las vacaciones, que no llegarían ya a una semana. Alguien le esperaba en esa ciudad y, aunque el encuentro no le hacía especial ilusión, la posibilidad de sumergirse en la vida de Manhattan le excitaba más que cualquier otro plan, a pesar del invierno, que en esa urbe te espera en cada esquina como un navajero para, muy a menudo, cortarte la cara con sus ráfagas heladas.

En Madrid tan solo iba a estar dos días y el motivo de alargar la escala era justamente el de poder asistir a la representación de la obra de teatro que en unos segundos iba a comenzar a escasos tres metros de él.

Hacía ya cuatro años que se había estrenado en Madrid, la primera ciudad donde se pudo ver, pero en aquella ocasión estuvo dos meses en cartel y, aunque la obra tuvo un cierto éxito en determinados ambientes y él vivía en aquel entonces en la ciudad, a Mario no le había interesado. No tenía un título sugerente, *El Patio*, y, aunque la había visto anunciada en algún periódico y página web, nadie le había hablado nunca de ella, ni mucho menos se la había recomendado. Justo una semana después de que la compañía hubiera echado definitivamente el telón en la capital para irse de bolos por el resto del país, empezando por Barcelona, su amigo Pedro, tiempo atrás becario y ayudante suyo en el periódico en que trabajó nada más empezar su carrera profesional, le comentó que había invitado a su mujer al teatro para celebrar algún aniversario o vete tú a saber qué y habían salido ambos muy gratamente sorprendidos de la representación de *El Patio*. Ya era tarde, en el caso en que se hubiera sentido impelido a ver esa obra, que tampoco era el caso; al fin y al cabo, Pedro no era en absoluto aficionado al teatro ni habría visto más allá de dos obras en su vida. No fue hasta dos años después cuando empezó a oír hablar más de *El Patio* y su curiosidad hizo que investigara, leyera y se informara, no ya solo del título en cuestión, sino de todo lo que le rodeaba, autor, director y actores. Mucho más adelante, especialmente actores.

Debió de ser hacia mediados de agosto cuando en un tuit, escrito por el actor que ahora representaba el personaje principal (no había sido este el que hizo ese papel en los primeros meses después del estreno), leyó, para su sorpresa, que a finales de año volvería *El Patio* a presentarse en Madrid con una duración limitada a dos meses, antes de irse de gira por Latinoamérica. Mario no dudó entonces de que esta vez no la dejaría pasar, pues a la recomendación antigua de su amigo Pedro, se unían a estas alturas las buenas críticas que había ido recogiendo por toda ciudad en la que se había estrenado a lo largo de los dos años en que, de manera ininterrumpida, se había podido ver por casi toda España.

Definitivamente quería ver esa obra, y quería verla especialmente por el asunto que trataba, pues por lo que contaban las crónicas, tocaba un tema que le atañía muy de cerca: las dificultades e incomprensiones que mucha gente tenía aún que soportar para poder vivir una vida plena y acorde con su verdadera naturaleza. El motivo de la obra era la reflexión de un hombre homosexual tras encontrarse con su madre, una beata e irredenta nostálgica del mundo que ya no es, pero que había sido en la España de casi la totalidad del siglo anterior. Era un duelo dialéctico entre dos personajes, de arraigadas y muy firmes convicciones ambos, que a nadie dejaba indiferente y que provocaba, según había podido leer en bastantes ocasiones, encendidas soflamas y alguna que otra reflexión bien armada sobre la incomunicación, la intolerancia y el desconocimiento del otro, si estos rasgos no fueran una y la misma cuestión desde la noche de los siglos. A Mario le parecía una propuesta muy arriesgada, pero muy sugerente y necesaria, y dudaba de que de ese duelo de casi dos horas pudiera salir con bien alguna conclusión, reflexión o vía para una mejor comprensión de las relaciones entre quienes están más cercanos en nuestras vidas.

Estuvo, pues, atento a la fecha en que debían ponerse a la venta las entradas y, estudiando cómo mejor podía encajar en sus planes de finales de diciembre la asistencia a esta función, no le costó mucho dejarlo todo bien planeado para que cuadraran bien las fechas en que habría de hacer su viaje y llegar con tiempo a la cena del día 24, cuando le esperaban en la casa de su hermana para la celebración navideña, una de las escasas ocasiones, apenas dos veces al año, en las que podía reunirse con la familia que, allá en su tierra natal, tan ajena ya a su vida, le quedaba y le esperaba todavía.

A finales de octubre compró la entrada y reestructuró mínimamente sus planes previos, adelantando en un día su viaje a Madrid.

El día 21 de diciembre a primera hora de la mañana aterrizaba en Barajas y, tras instalarse en el hotel de costumbre, cuando no tenían disponibilidad sus dos o tres amigos habituales para acogerle en sus casas, salió a pasear por la ciudad a la que no había vuelto desde hacía medio año. Llamó a su amiga Nuria, siempre dispuesta para un café y una charla de puesta al día, y comieron juntos en una tasca del centro histórico un menú que le pareció sorprendentemente barato. La tarde la pasó en la habitación del hotel descansando y mirando distraídamente la tele, sin ninguna gana de arriesgarse a bucear en el mar proceloso de consumismo, prisas y codazos que eran las calles cercanas a su hotel en aquel Madrid decembrino.

Antes de salir para el teatro llamó a su hermana. No se había acordado en todo el día y sospechaba que le caería una buena, pues Ana siempre se preocupaba más de lo debido cuando su hermano tenía que hacer un viaje, especialmente si era en avión, y por esa razón, entre otras menos confesables, casi nunca le anunciaba sus viajes, a menos que fueran con destino a España. Eso sí, cuando ella estaba informada de su vuelta, Mario debía llamarla por teléfono o, en caso de dificultad manifiesta, enviarle un mensaje de texto lo más rápido posible tras su aterrizaje.

— Pero Ana, si hubiera habido algún percance, te habrías enterado inmediatamente por las noticias. Que se caiga un avión es una presa jugosísima para cualquier periodista. Incluso lo sabrías antes que nadie, porque estaría alguno llamando a tu puerta para recoger los primeros comentarios llorosos de familia y allegados. ¿Tú sabes la de audiencia que genera eso?

— No hagas bromas con estas cosas, que me pongo muy nerviosa, ya lo sabes.

— Pero ¿es así o no es así?

— ¡Que me da igual! No te cuesta nada llamar. Y así de paso hablamos, que nos tienes muy abandonados.

— ¡Vale! ¡A sus órdenes!

— Por supuesto que a mis órdenes.

La conversación se había alargado más de lo que a él le hubiera gustado; al fin y al cabo, iba a ver a toda la familia dos días más tarde. Ana, tras haberse calmado después del arranque lleno de reproches, que a Mario le parecían más teatrales que reales, le adelantó que tenía problemas con Álvaro, su hijo mayor, de lleno en una adolescencia que no tenía visos de amainar, a pesar de quedarle solo unas semanas para cumplir los dieciocho. Quería que hablara con él, pues siempre había tenido predilección por su tío, a quien admiraba desde pequeñito, según decía ella, y que intentara reconducirle o, al menos, averiguar qué tenía en esa cabecita, que hacía meses se había convertido en un misterio para toda la familia. Álvaro no quería hablar con nadie de la casa; se encerraba en su habitación y se pasaba horas sin salir. Al menos los estudios los llevaba viento en popa, mucho mejor que nunca, lo cual indicaba que en esas horas de aislamiento debía de aprovechar el tiempo estudiando y preparándose para los exámenes. Pero su madre sospechaba que algo no iba bien, aunque a José Antonio, su marido, parecía no importarle mucho.

— Son cosas de chavales, yo no era mejor en esa edad, me la pasé en una nube todo el tiempo, la nube que formaban los porros que me fumaba.

— Ya, pero tú no eras —ni eres— mi hijo.— Respondía Ana

— ¿No te estarás comparando con tu suegra?, — preguntaba con sorna su marido. —Ya sabes que sales perdiendo.

Mario, aunque tenía también debilidad por su sobrino mayor, pensaba en ese momento que había de cortar la perorata de su hermana y salir pitando para el teatro, si no quería llegar tarde y encontrarse con las puertas de la sala cerradas. Siguió hablando con el "manos libres" mientras se preparaba para salir y continuó aún unos minutos la conversación mientras caminaba por la calle, pero, como a Mario hablar en la calle le ponía nervioso, enseguida cortó a su hermana con cierta brusquedad.

— Ana, tengo prisa, me esperan y no es de buena educación llegar tarde.

— Bueno, pero has escuchado lo que te he dicho, ¿no?

— Claro. Estos días tendremos tiempo de hablar unos y otros. No te preocupes. Saluda a Álvaro de mi parte. Dile que esta vez no habrá regalo de navidad.

— Eso se lo dices tú. Solo me faltaba eso, ¡que se piense que es idea mía! ¿Y por qué no hay regalo?

— Ana, te dejo. Nos vemos en breve. Un beso. Chao.

— Vale. Aprovecha estos días en Madrid.

Parecía que quería seguir con más cháchara, pero Mario colgó el teléfono. De hecho, la última frase de su hermana ya no llegó a escucharla entera.

Madrid estaba a esa hora abarrotado de gente. Eran las vísperas de navidad y en esta ciudad en esas fechas le entra a todo el mundo un ansia irreprimible de salir a la calle, solos, acompañados, en grupos de amigos, con bebés en bandolera o en carricoches, con mascotas. Caminar se hace imposible. Hasta tal punto que el ayuntamiento ha decidido convertir las calles del centro en tramos de una sola dirección peatonal. Hace unos años esta medida hubiera parecido sacada de una distopía orwelliana, pero las circunstancias parecen haber obligado a ello.

Mario odiaba las aglomeraciones desde adolescente. Ya entonces, cuando a todos sus amigos les encantaba entrar a los bares o discotecas más de moda y, por tanto, más concurridos, él lo pasaba francamente mal; siempre les seguía con una mueca de disgusto que le creó fama, posiblemente bien merecida, de mal encarado y distante. Bien es cierto que, tras pasar un tiempo en los locales y haber bebido la primera consumición, se iba entonando hasta convertirse en un joven normal con ganas de pasarlo bien. Pero la sensación de encontrarse como sardinas en lata seguía provocándole un desagradable mal humor que, como es natural, intentaba evitar siempre que podía, cosa que, en aquella ciudad y en esas fechas, era punto menos que imposible.

Madrid en diciembre, por tanto, le mataba; y no en el sentido positivo. Como hacía siempre, pues no quedaba otro remedio, lo tomó con resignación, trató de evadirse de la realidad, meterse en sus pensamientos y seguir adelante atravesando las calles más concurridas, difíciles de eludir, para acceder al teatro donde se representaba la función. A la mañana siguiente, con todo más tranquilo, ya tendría tiempo y ocasión de observar las calles, los escaparates que pudieran interesarle y los adornos navideños, de los cuales no sabría decir si eran cada vez más sofisticados o más horteras.

Cuando llegó al teatro eran las ocho menos cinco. Tan solo cinco minutos para el comienzo de la función. Los necesarios para alcanzar su asiento; ni siquiera podía pasar por el baño. No es que lo necesitara, pero ya notaba desde hacía un par de años que cada vez aguantaba menos tiempo sin descargar la vejiga y en ese momento se disponía a asistir a un espectáculo de unas dos horas sin descanso. En fin, cosas de la edad, que no perdona. Mario había cumplido cincuenta años a comienzos de la primavera y, aunque los tenía muy bien llevados, es ya una etapa en la que determinadas funciones, normales hasta entonces, comienzan a dar señales de aviso, algo que también se hizo notar cuando tuvo que buscar sus gafas para leer el folleto que le había entregado la acomodadora, pues, a pesar de que también hacía ya cinco o seis años que iba necesitando lentes para leer, no acababa de acostumbrarse, hasta el punto de que, como le pasaba hoy, se las dejaba muy a menudo en casa, al no acabar de incorporar del todo esa necesidad a sus rutinas. Tendría que conformarse con leer la información de la obra de regreso al hotel, aunque sabía que, una vez vista, ya no le iba a interesar lo que se hubiera escrito en aquel papel de colores tan vivos. Lo guardó en el bolsillo del abrigo y consultó el móvil por última vez antes de apagarlo. Era de los pocos que cumplían con ese ritual de desconectar el teléfono en el cine o en el teatro y, por eso, cuando alguien cercano a él iluminaba la oscuridad con la pantalla de sus aparato —no digamos ya si sonaba—, le llamaba la atención, no siempre muy educadamente, lo que le había traído ya más de un problema. Se dio cuenta entonces de que Nuria le había enviado un mensaje, "llámame", después de haberle llamado sin que él lo hubiera notado, probablemente por el ruido y ajetreo de la calle.

Claro que no pensaba devolverle la llamada en ese momento, a escasos segundos de que se abriera el telón, pero no dejó de sentir mucha curiosidad y una pizca de intranquilidad por el mensaje. ¿Qué querría hablar Nuria con él? Apenas se habían separado hacía unas horas con una despedida que a los dos les había quedado claro que sería hasta dentro de un mes, no antes.

Nuria vivía en Madrid desde hacía varios años, aunque ambos se habían conocido en una ciudad del norte con universidad de verano bastante tiempo atrás, cuando Mario impartía uno de esos cursos que apenas sirven sino para hacer una pausa en tus vacaciones, reencontrarte con lo académico y conocer nueva gente que, rara vez, está verdaderamente interesada en profundizar en las materias sobre las que se discute. Habitualmente las razones de Mario y también de Nuria, como le había confesado en esa semana de finales de julio en que se encontraron por primera vez, era la de alternar con personajes la mar de variopintos en busca de alguna aventura tórrida, como la estación, que siempre encontraba sin ninguna dificultad y que solía durar un par de noches. En alguna ocasión a punto estuvo de fraguarse una auténtica relación de pareja que traspasara el ámbito universitario-veraniego para continuar a través de la caída de las hojas otoñales. No fue así, porque entonces Mario estaba plenamente implicado en su relación con Juanfran y, ni por lo más remoto, se le pasó por la cabeza romper con lo que entonces consideraba única opción sentimental seria.

Nuria era la primera vez que asistía a aquellos cursos, pero lo había hecho con la poco confesable intención de encontrar un novio culto, interesado en las mismas cosas que ella y, a ser posible, con tiempo libre suficiente para una vida viajera que tanto deseaba y tantas veces se frustraba por no tener compañero de viaje, pues recorrer mundo sola no le parecía en ese momento una idea adecuada. Ella se quedó prendada de Mario en el primer momento que le vio entrar en aquella sala habilitada como aula de verano. Su atractivo físico, que lo tenía, no fue lo que más la subyugó, sino su voz y lo que con ella expuso en aquella charla-conferencia.

El tema tratado era la manipulación periodística a través de la elección del léxico, y en ella se habían desplegado multitud de ejemplos, fundamentalmente de titulares de la prensa escrita, en los que el solo uso de una palabra, en lugar de cualquiera de sus sinónimos en contextos determinados, cambiaba radicalmente la percepción positiva o negativa de la noticia que se estaba dando. Como el tema resultaba interesante, la perspectiva que se le aplicaba, ingeniosa, y estaba tratado todo con bastante sentido del humor, a Nuria le había parecido lo más aprovechable de todo cuanto había escuchado en la semana larga del total de quince días que duraba aquel encuentro estival.

Segura de sus encantos, no dudó en acercarse a él en la cafetería, tras la ponencia, con la excusa de felicitarle y comentar algún punto que a ella no le parecía tan claro como había pontificado él en su charla. A Mario le cayó bien desde el primer momento, aunque, en cuanto se percató de que sus intenciones eran, digamos, más prosaicas, no dudó en aclararle que estaba pinchando en hueso.

— Quizá me equivoco y mi propia vanidad me hace ver lo que no hay, pero te advierto que mis preferencias circulan por otra carretera, — le dijo y pensó en ese mismo instante que no había podido ser más cursi, pero definitivamente más claro.

— No sé a qué te refieres, — respondió ella, roja como un tomate, con lo que delataba que sabía perfectamente a lo que se refería. Inmediatamente se corrigió. — Bueno, quizá sí sé a lo que te refieres, pero no entiendo qué quieres decir.

A la vez que Nuria decía esto, Mario desvió sus ojos de ella y miró con un elegante gesto de lujuria —si es que la lujuria y la elegancia pueden ir de la mano— al atractivo camarero en el que ella ya se había fijado por la imposible belleza de sus facciones.

— Vale. Ahora sí lo entiendo—. Se sintió un poco estúpida, pero enseguida recondujo la situación. —Está para desayunárselo, ¿verdad?

— Bueno, yo, de momento, voy a pedir cruasán y café con leche. No me gusta desayunar tan fuerte.

— ¡Qué va a ser fuerte!—, contestó Nuria. —A este me lo meriendo yo de un bocado. Es un bomboncito, pero no creo que tenga demasiadas calorías.

— ¡Vaya!, que te gustan las comidas contundentes, ¿no? — Le seguía el juego Mario.

— ¿No ves que acabo de hincarte el diente a ti? Para un producto goloso y provocador que veo en la estantería, y resulta que me sale defectuoso.

— ¡Nadie es perfecto! Ya sabes. — Sentenció Mario.

Después de este punto de inflexión todo fluyó aún más relajado y su conversación se adentró en zonas mucho más divertidas que les hizo olvidarse de la aparente razón por la que estaban en esa ciudad.

Se hicieron inseparables. Apenas participaron ya más en el curso al que quedaban cinco días para concluir y se pasaron la semana entera comprobando si lo que decían las guías sobre el buen comer y el ambiente cosmopolita estival de la ciudad era o no cierto. No hubo noche que no cerraran el último bar y siempre con bastante más alcohol en el cuerpo del que sería razonable. Se contaron sus vidas, sus miserias, sus fantasmas. Quizá el pensar que hablaban con un extraño al que era muy probable que no volvieran a ver más que por azar hizo que no pusieran barreras a sus diálogos. Lo cierto es que, después de aquel verano ya no pudieron prescindir el uno del otro. Su amistad se fue asentando hasta hacerse de gran solidez en los años siguientes, en los que, viviendo en la misma ciudad, se encontraban con una frecuencia al menos semanal para compartir, charlas, risas, cenas, amigos, alegrías y desengaños.

Ahora que Mario no vivía ya ahí, cada vez que pasaba por Madrid, quedaban al menos para comer o cenar y actualizar noticias sobre sus vidas. La mayoría de las veces continuaban la charla en algún bar de copas o discoteca decadente del centro, hasta que los echaban y salían mezclados con jóvenes puestos hasta las cejas a los que, muy a menudo, les pedían recomendaciones sobre el *after* de moda para poder rematar la madrugada.

En los últimos tiempos Nuria le empezaba a resultar obsesiva con su soledad, pues en este momento de su vida, Mario no entendía muy bien por qué no tener pareja tampoco era una opción para ella. Por eso la comida de hoy había sido monotemática y no se había hablado de otra cosa.

Habían quedado para comer porque Mario le había hablado de sus planes que impedían cenar y tomar unas cervezas juntos por ese Madrid prenavideño y abarrotado. Además, se sentía con pocas ganas de salir, pues quería aprovechar la mañana del día siguiente antes de seguir rumbo a la patria chica. Nuria estaba especialmente decepcionada, pues la última aventura, que ella no consideraba tal, en principio, sino algo más serio, le había salido rana.

Había conocido a un chico a través de una de esas aplicaciones de contactos y habían quedado para cenar y conocerse mejor. Esto había ocurrido pocos meses atrás. Ella creía que habían congeniado y que se entendían muy bien hasta el punto de que en la primera semana siguieron viéndose casi diariamente. Él era arquitecto y, aunque en ese momento estaba pasando por dificultades laborales, no le preocupaba demasiado el futuro pues tenía varias propuestas suculentas de trabajo en el horizonte. También en la cama se entendían muy bien. De hecho, a ella hacía años que nadie había sabido tratarla atinando perfectamente con los interruptores que se debían accionar. Con este todo era distinto: larguísimas charlas, noches de pasión, pero también de ternura, paseos por la ciudad, que el otoño hacía aún más románticos. Los dos estaban orgullosos uno del otro y parecía que era el presagio de una larga y bonita historia. En definitiva, Nuria estaba enamorada. Y ese sentimiento la desconcertaba un poco, porque no creía haberlo experimentado con tanta intensidad y no estaba segura de saber gestionarlo.

Pero todo ese encanto se había hecho trizas en un segundo, en lo que dura el sonido de una notificación en el móvil.

Le había contado, casi con las lágrimas desbordándose del párpado, que unos días antes estaban en el cine y, de repente, a su nuevo amor le sonó el móvil. En ese instante a Nuria la pantalla del cine se le nubló, las imágenes seguían pasando y los personajes seguían el guion de la historia, pero ella ya fue incapaz de seguir la película. Un escalofrío le recorrió la espalda y se le fijó en la nuca, casi no podía respirar, le faltaba el aire y sentía que iba a sufrir una lipotimia en la misma butaca. Miró a su acompañante, que seguía imperturbable el desarrollo de la historia en la pantalla, era como si con él no fuera, como si él no hubiera oído nada, ¿tal vez no había oído nada?, ¿lo había imaginado? ¿era un sonido que había salido de la película y lo había adaptado su mente al mundo real, al aquí y ahora? Mientras se debatía en sus propias dudas, sonó otra vez. Esta vez ya no había nada que dudar: era el sonido inconfundible de una notificación, dos en este caso, de la aplicación de contactos a través de la cual se habían conocido. Las palpitaciones eran tales que creía que el corazón se le salía del pecho, se levantó, cogió su abrigo, la bufanda y el bolso y salió de la sala. Él salió detrás con cara de circunstancias, "¿qué pasa?", pero ella, con las mejillas bañadas en lágrimas le enseñó el puño del que salía recto y hacia arriba el dedo corazón. Y se fue sin mirar atrás.

En el encuentro del mediodía le había contado la historia con todo lujo de detalles y le pedía consejo a Mario sobre cómo debía de comportarse, pues Javi, que así se llamaba el individuo, seguía enviándole mensajes diariamente reconociendo su error, la estupidez de su error, decía él, y pidiéndole que le diera una oportunidad de explicarse. De hecho, le contó, ese mismo día le había mandado varios pidiéndole por favor que fuera a su fiesta de cumpleaños, que había organizado con más gente, y allí podrían hablar con tranquilidad. Todo ello aderezado con mil disculpas, piropos y desesperaciones varias. Lo malo es que ella seguía enamorada hasta las trancas, pero consideraba que aún era pronto y, por tanto, estaba aún a tiempo de soltar amarras antes de que el muy cabrón enseñara su verdadera cara cuando ya fuera demasiado tarde. Creía que quien se comporta así al principio de una relación está indicando ya claramente cuál va a ser el futuro de la misma.

Mario tan solo la había dejado hablar, desahogarse, llorar en su hombro. Muchas veces había sido ella quien le prestara a él su hombro, sobre todo tras la ruptura con Juanfran, de quien había sentido mucho separarse a pesar de haber provocado él mismo la situación para que eso ocurriera.

No era él quién para dar consejos sobre estos temas y mucho menos en ese caso en particular, pues, sin habérselo confesado a nadie, ni siquiera a ella, desde que estaba oficialmente soltero usaba muy a menudo y abusaba, más bien, de ese tipo de aplicaciones y, si no igual que lo que acababa de oír de boca de Nuria, más de una vez había sido él el protagonista cabrón de historias similares. Estaba convencido de que estos nuevos métodos de ligue actuaban de forma idéntica a una droga que te pedía más y más su uso, incluso cuando no lo necesitabas ni, en el fondo, querías buscar a nadie para empezar algo, aunque ese algo fuera solo una noche de pasión.

Ella, a pesar de la escasa ayuda que Mario la había prestado, se había quedado mucho más relajada; el desahogo había surtido efecto, se había ahorrado una sesión de psicoterapia y había pasado un relativamente agradable momento con su amigo del alma. Después del café se separaron con un largo abrazo y quedaron en verse al cabo de un mes un fin de semana que iría ella a su casa francesa, visita que tenía pendiente desde que Mario se había instalado allí. Esta vez ya tenía el billete.

Por eso le sorprendió la llamada. Nuria no era de las que dan la tabarra con el mismo tema, ni añadiendo datos. Ese tema había quedado hablado y los progresos posteriores, si los había, quedaban pendientes para el próximo encuentro dentro de un mes. No tenía ni idea, pues, de qué podría tratarse, aunque tampoco sería urgente, se lo habría dicho.

La sala quedó totalmente a oscuras y comenzó a oírse una música muy conocida de un clásico de los 60. La función estaba comenzando.

Ocho y cinco de la tarde

Al abrirse el telón él ya estaba sobre el escenario.

El Patio. Y, efectivamente, un patio representaba la escena toda. Había dos árboles casi simétricamente dispuestos a izquierda y derecha, un banco de piedra con respaldo de madera y forja en el fondo, una fuentecilla pegada a la pared lateral izquierda y dos puertas, una en el frente y la otra pegada al fondo, en la pared derecha. Él estaba de pie, mirando con aire preocupado a la fuente de la que salía un chorrito de agua que apenas hacía ruido; al menos, desde la segunda fila ya apenas se oía caer.

Dam no tenía nombre. No lo tenía el personaje que representaba en la obra. Tan solo era *el hijo*, de la misma manera que su madre era *la madre*, sin más, sin nombre en la obra. Esa circunstancia a Mario le resultaba muy acertada y morbosamente atractiva. ¿Por qué la imperiosa necesidad de un nombre? En muchas piezas teatrales a lo largo de la historia, al menos la mitad de los personajes bien hubieran pasado sin bautizar; o no se les nombraba jamás o, si se hacía, resultaba superfluo las más de las veces. Siempre había pensado que los autores encontraban un placer remoto buscando un nombre para sus criaturas, como si con ello se les estuviese marcando con un hierro igual que a ganado y se les mostrara al mundo como un objeto de su propiedad.

"Mirad, se llama Macario, ya sé que no le pega el nombre a este niño, pero es mío y le llamo como yo quiera" o "¿Os dais cuenta cuánta simbología se desprende del nombre de Dolores que le he puesto a la protagonista de mi dramón?"

No, definitivamente le molestaba ese punto de soberbia que se escondía en el acto de dar nombre a todos los personajes creados en una ficción. Desde que nuestros primeros padres, allá en el Génesis, se dedicaron a dar nombre a todos los animales, se le ha cogido un gusto desmesurado a bautizarlo todo: ya no nos vale con nuestros hijos, también a nuestras mascotas (Mario nunca había puesto nombre a ninguna de las tres que había tenido: a una la había llamado "Perra", a otra "Gato" y a la última "Gati", apócope de Gatita), a las calles (por eso le gustaba tanto Manhattan, porque sus calles no solían tener nombres), a los colegios, a los barcos, y, últimamente, hasta a las borrascas que puntualmente cada dos o tres semanas barrían el continente europeo. ¡Qué obsesión! Solo un genio como Shakespeare había sabido revelar la verdad sobre este asunto:

"Sólo tu nombre es mi enemigo. ¿Qué es un Montesco? Ni es mano, ni pie, ni brazo, ni rostro, ni otro componente de un hombre. ¿Qué hay en un nombre? Eso que llamamos rosa, lo mismo perfumaría con otro nombre. Del mismo modo, Romeo, aunque no se llamase Romeo, conservaría, al perder este nombre, las caras perfecciones que tiene. Romeo, abandona este nombre, que no forma parte de ti mismo y toma todo lo mío a cambio de él".

Aunque parece que no se le hizo mucho caso y seguimos poniendo nombre. ¡La que armó Cervantes por no querer acordarse de un nombre!: todavía siguen hoy los lugareños de las villas manchegas blandiendo sus horcas cuando se les saca el tema. Y cuando Lorca decidió no poner nombre a sus personajes de *Bodas de sangre*, ¡a buena hora rompió la regla y llamó "Leonardo" al amante!: ¡la de ríos de tinta que se han usado para explicar el significado, simbología o estado de la cuestión de esa única y extraña nominación! (Mario siempre sospechó que el trasto de Federico seguía riéndose por su travesura desde el lugar del Parnaso en que estuviese).

Estaba bien así. Una madre no necesita dirigirse a su hijo por el nombre; igual que se lo dio, se lo quita; de la misma manera que rara vez un hijo llama a su madre por el nombre. Definitivamente, el autor del texto acertaba dejando innominadas a sus criaturas.

La obra, por lo demás, se ceñía como un guante a las famosas reglas aristotélicas. Se podía esperar antes de ver nada con solo leer la sinopsis, pues un duelo dialéctico, suele desarrollarse en un tiempo reducido y en el mismo espacio.

Los espectadores acababan de entrar sigilosamente en aquel patio y se disponían a escuchar, a meterse en la intimidad de dos personas mientras hablan y discuten de cosas muy íntimas, que, de haber sido reales, en absoluto querrían tener público. Un público que, a su vez, si la escena no fuese ficción, sentiría una profunda vergüenza ajena de estar escuchándoles en ese momento. Cosas del teatro.

Aunque Mario había visto a Dam en infinidad de fotos y no pocos vídeos, era la primera vez que lo tenía a escasos metros de sí. Y le pareció más joven. Y quizá más guapo, aunque claramente no lo era. Tenía treinta y cinco años cumplidos hacía una semana. Mario lo sabía, porque Dam era de esos hombres que retransmiten su vida en redes sociales. Lo seguía en Twitter desde hacía casi un año y alguna vez lo había visto en otras plataformas de exhibicionismo que seguimos llamando redes sociales, pero como tuitero era especialmente activo y, además, tenía muchos seguidores a los que se preocupaba de mantener contentos con historias, fotos, pensamientos, discusiones o sencillamente saludos de buenos días.

Hacía una semana había recibido en su cuenta infinidad de felicitaciones y Dam había colgado un vídeo de cinco minutos en el que además de agradecer a sus fans el haberse acordado de él en día tan señalado, también mostraba un montaje muy profesional sobre algunos de los momentos que él consideraba más gloriosos de su carrera como actor desde que había empezado a dedicarse más en serio a la profesión a los veinticinco años más o menos. Como no había secretos en su vida o, al menos, no parecía haberlos, Mario sabía no solo su edad, sino todo aquello que Dam compartía con el mundo entero en abierto y casi en el momento en que estaba ocurriendo. Y no era poco.

De todas formas, Dam no era un actor de relumbrón. Apenas había hecho otra cosa que teatro. No recordaba Mario haberlo visto en cine o televisión y pensaba que, de haber participado en esos medios, lo sabría a través de sus cuentas y perfiles. Esta era la razón por la que a Dam no se le conocía mucho más allá de determinados círculos culturales minoritarios, ya que, a pesar de no ser mal actor, no había tenido suerte con las obras en las que había participado y no le habían catapultado a la fama más mediática que siempre suponen las pantallas. No todavía. Recientemente había sido nominado a un premio teatral importante como mejor actor por su trabajo en *El Patio*, por cierto, así que quizá no quedaba mucho para que abandonara las tablas por ese otro mundo más brillante de las series o el cine. O ambos a la vez. Casi ningún actor de teatro que probaba las mieles con sabor a tarjeta de crédito que destilaban el cine y la televisión había vuelto al teatro. Si acaso, a algún papel muy de cuando en cuando que casi siempre aceptaban por algún favor profesional o personal. Dam, de momento, era un actor de teatro. Solo eso y nada menos que eso.

A pesar de ello, la red global es muy extensa y siempre hay seguidores para todo. Dam , quizá no tanto por su profesión, como por su actuación en el mundo virtual, era casi una celebridad en el ámbito hispano. Y lo cierto es que lo merecía a ojos de Mario. Precisamente su ingenio, sagacidad, inventiva y chispa en el mundo de internet fue lo que le había empujado a seguir a este joven, nada guapo, aunque resultón a su modo, con unas facciones demasiado rudas, el recuerdo de un acné juvenil que, habiendo desaparecido ya, había querido dejar su impronta, y un pelo castaño bastante lacio y difícil de dominar. Cierto que sus ojos eran especialmente bonitos, eso era indiscutible, grandes y de un color oscuro casi negro. No era demasiado alto, aunque estaba muy bien proporcionado: el gimnasio era una de sus rutinas diarias y. Mario sabía, como lo sabía todo el mundo que le siguiese en redes, que incluso en vacaciones no dejaba descansar a sus músculos. Alguna vez había revelado y compartido esa confesión con el mundo virtual, que creía ser un adicto enfermizo a las pesas. En definitiva, era un joven cautivador, aunque, pensaba Mario, con mucho más talento que belleza física.

Había llegado de los primeros a todos los espacios sociales que se iban inventando en internet, incluso cuando aún no había demasiadas interacciones por falta de una verdadera red de usuarios y, aunque no era un adicto a ellas, a Mario le gustaba ese mundo que seguía considerando al margen del real, pero que, cada vez, ejercía mayor influencia sobre las nuevas y no tan nuevas generaciones. A pesar de que nunca había sido especialmente activo en ese espacio virtual, solía escribir alguna reflexión con motivos variados, generalmente en fechas señaladas, para recordar a sus amigos, que eran básicamente quienes le seguían, razones de celebración, reivindicación o recuerdo simplemente de dichas fechas o efemérides. Rara vez interactuaba con desconocidos, aunque con las ganas se quedaba, pero había descubierto hacía mucho que ni merecía la pena, ni serviría para los fines que suponía. De vez en cuando dejaba marca de su aceptación, alegría o disgusto ante mensajes o imágenes que le tocaban más de cerca.

De la misma forma que solía probar de los primeros las novedades de esta nueva comunicación social, también se había ido retirando de la mayoría de ellas, por cansancio o falta de tiempo para atender a los requerimientos que, inevitablemente, le exigían a menudo. De esta forma, desde hacía unos años tan solo seguía en Twitter y lo hacía porque consideraba que era un buen medio de información variada y desde distintas perspectivas si se sabía a quién había de seguirse. Él no lo hacía más que a tres decenas de tuiteros que, por sus características, se agrupaban en periodistas, casi siempre *freelance*, divulgadores de literatura con un mínimo rigor demostrado, gente ingeniosa que le resultaba divertida y servía para aligerar y poner sal a la seriedad de los demás; y finalmente un grupo cajón de sastre donde se incluían amigos, familiares y un par de perfiles que estaban ahí desde siempre sin saber exactamente la razón, pero que ya formaban parte de su grupo y le sabía mal prescindir de ellos.

En más de una ocasión algún compañero de profesión le aconsejó que escribiera con cierta regularidad (la mayoría de sus colegas lo hacían y tenían un grupo importante de seguidores), pero, por más que le dio vueltas, nunca encontró verdaderos motivos para comunicarse con un mundo que, en la mayoría de los casos encontraba distante, irreal y muy ajeno. Le bastaba con leer a quienes seguía y, muy de vez en cuando, escribir algún comentario técnico, en el que casi siempre corregía algún dato que alguien había equivocado o desconocía y pedía ayuda a sus seguidores. Más allá de esas breves intervenciones, su vida tuitera se reducía a leer una o dos veces al día lo que otros habían escrito y aquellos enlaces que consideraba de interés.

Hacía aproximadamente un año que alguien en su mundo virtual le había llevado a través de un enlace a uno de esos hilos que se han inventado para contravenir el espíritu de la propia red en la que se manejan, pues fue creada para escribir píldoras en una o dos frases. Ese hilo lo había escrito Dam y en él contaba cómo había salido del armario con gran lujo de detalles y de una forma, además de literaria, ciertamente divertida. Mario lo había leído entero (era larguísimo) y le gustó tanto que enseguida consultó la actividad de ese joven, del que no había oído hablar en la vida, en su red social. Lo encontró muy interesante y de inmediato comprendió que no era un actor —así se describía a sí mismo en la biografía— cualquiera. Tenía muchas cosas que contar y sus ideas, de las que hacía gala muy a menudo a través de sus tuits, daban pie a la reflexión. De hecho, constató que en más de una ocasión había creado grandes polémicas en las que habían participado escritores de renombre, famosos de medio pelo, políticos de dudosa reputación, pero muy activos en redes, y hasta un ministro en una ocasión. También solía tuitear en inglés, aunque de pascuas a ramos, y encontró un mensaje en este idioma que había sido contestado por el propio gestor encargado de redes de la BBC y una actriz de televisión francesa.

Aunque solía ser muy selectivo últimamente con aquellos a quienes seguir, para que no se saturara su lectura diaria, Mario no dudó que ese perfil era un buen elemento en quien depositar su atención. Fue el comienzo de una bola de nieve que le había llevado a donde se encontraba sentado en ese momento; no la única causa, pero sí la principal. Delante de él, a escasos cinco metros, tenía al autor de aquello que durante meses había estado leyendo, cada vez con más interés, todas las mañanas en su teléfono móvil. Ahí estaba Dam, ahora sí, real, representando un papel que, en definitiva, no le era demasiado ajeno, según había sabido desde el principio Mario.

No le era ajeno por el tema genérico, aunque su vida, si se atenía a lo que contaba en aquel primer grupo de tuits que Mario leyó de Dam, había circulado por caminos muy distintos.

En escena estaban ya los dos únicos personajes que evolucionarían a lo largo de la función. La actriz que interpretaba el papel de madre era bastante más conocida, al menos Mario la conocía muy bien, a pesar de que hacía años que había dejado de estar constantemente en el candelero como estaba cuando él transitaba por sus años universitarios. Quizá las nuevas generaciones de jóvenes ya no la conocían tanto, pero había sido todo un hito de la interpretación en los últimos años del siglo anterior. Era algo mayor que Mario, aunque no sabría decir si cinco o diez años más, pues él siempre la había conocido como una mujer hecha y derecha; pero el director de escena debió pensar que no aparentaba la edad de una madre con un hijo ya en la treintena, por lo que estaba exageradamente maquillada.

Se movía con pasos muy lentos y usaba muy a menudo el banco de piedra del fondo para dar sensación de cansancio; además, aunque no se especificaba, parecía sufrir alguna enfermedad degenerativa, no la actriz, sino el personaje que interpretaba; no de otro modo se entendería que estuviera recluida en una especie de sanatorio residencia, ya que de eso era el patio donde ahora se encontraban.

El hijo le preguntaba con un cariño fingido a su madre sobre su salud y los días de estancia en ese lugar, y ella le informaba bastante secamente y sin apenas mirarle a la cara de su día a día. En los primeros compases de la obra quedaba ya muy clara la distancia afectiva entre madre e hijo, que no se habían visto —se decía en un momento del texto— desde hacía más de una década.

Mario pensó, a los pocos minutos de empezada, que estaba asistiendo a una de esas obras que tanto se estilaban hoy en día, en que sus autores cuentan sus vidas con un entusiasmo y devoción dignas de mejor causa, a tenor de los resultados finales, literarios o artísticos en general. Tanto en las novelas de éxito, como en abundantes dramas teatrales, televisivos y cinematográficos, se proyectaban retazos de las vidas de los autores, si no la vida entera hasta ese momento; y todo ello sin disimulo ninguno, pensando, qué duda cabe, que sus historias son únicas (que lo son solo a veces) y, sobre todo tan interesantes que el mundo entero se rendirá ante dramas (pues dramas son en su mayoría) de tal calibre. A Mario esta obsesión narcisista le molestaba, sobre todo, porque indicaba una absoluta carencia de inventiva y un ensimismamiento obsceno que, a veces, rayaba el ridículo. Especialmente en ocasiones en que el autor no había llegado a cumplir los treinta. Pero parecía que tenían éxito. La prueba evidente era que él mismo asistía en ese momento a la representación del pasado, en forma de diálogo, del autor; aunque no podía asegurarlo, estaba casi seguro de ello. A pesar de todo, le interesaba el arranque y creía que era un buen planteamiento para reflexionar sobre temas tan atemporales como actualísimos.

La madre le reprochaba al hijo que hubiera desaparecido de su vida sin dar más señales hasta el punto de que había tenido que seguir su éxito profesional —era actor también, como en la vida real— a través de los medios de comunicación. El hijo le recordaba, no sin grandes dosis de ironía y tristeza, que se había visto obligado a hacerlo desde el momento en que ella se negó a aceptar su relación con su primer novio, por ser una relación "contra natura". Y subrayaba esta expresión recordándole a la madre que era ese ya un lenguaje enmohecido, que ella había rescatado para aplicárselo a su propio hijo. "¿Cómo se puede ser tan cruel, tan insensible, para tratar así a tu único hijo?", le espetaba abalanzándose casi sobre el banco en donde se sentaba en ese momento la madre.

La conversación subía y bajaba de tono en los primeros compases como en una especie de montaña rusa que Mario temía que pudiera desencajarse de sus railes y embarrancar antes de que se llegara a la primera media hora de representación. Pero siempre, magistralmente, se reconducía para continuar por distintos vericuetos con notable verosimilitud. Evidentemente, el buen hacer de la pareja de actores era fundamental en ese producto.

No era esa la historia de Dam en absoluto. Era el mayor de dos hermanos, ambos varones, en una familia de clase media del litoral mediterráneo. Su infancia y adolescencia habían transcurrido sin nada reseñable, más allá de las peleas con su hermano, del que le separaba año y medio, y un complejo inmenso al llegar a la pubertad causado por la necesidad de llevar gafas, unas gafas con gruesos cristales, para un niño de esa edad que eran causa de bromas, risas y alguna que otra travesura por parte de sus compañeros en el colegio. Debido a ello, su madre acabó cediendo y ya a los 16 años comenzó a usar lentillas y a fijarse en los chicos a la vez. Su amiga Ester, con quien no tenía secretos, le tomaba el pelo haciéndole creer que sus pulsiones homosexuales se las provocaban las lentes de contacto, que lo había leído en una revista.

— ¡Quítatelas y verás como ya no te gusta David! — le decía.

Y él, que sin ellas no veía un pimiento, contestaba:

— Si me las quito me volveré asexual. No me gustará ni David ni el lucero del alba.

A partir de ese momento vivió sus apetencias sexuales sin apenas traumas, aunque tardó dos años en contárselo a su hermano. Y, a pesar de que este le animaba constantemente a que se lo dijera a sus padres, pues ya era mayor de edad, a Dam no le parecía justo:

— ¿Les vas a contar tú que a ti te gustan las chicas?

— ¿Yo?, No.

— ¿No?, pues no me parece bien que yo tenga que pasar por ese trago.

— Pero a mí no me hace falta, — protestaba su hermano con ingenuidad no fingida.

— Tampoco a mí. En esta familia o se dan por supuestas todas las orientaciones o no se da ninguna. — Sentenciaba muy digno.

— ¡Tú estás flipao! — Concluía el pequeño.

Además, le causaba un profundo pudor, pero no por confesar que se sentía atraído sexualmente por hombres, sino el tener que decir que se sentía atraído sexualmente, a secas. Para él, en ese momento, la sexualidad era una cosa muy íntima que no le apetecía ir aireando por ahí, y mucho menos ponerlo sobre la mesa del salón de su casa en una reunión familiar. Era como convocar a sus padres para comenzar a desnudarse en medio del salón a fin de que todos lo vieran y opinaran sobre su cuerpo y sus atributos.

Toda esta historia la contaba en la red social, pero con mucho ingenio y abundante gracia. Mario se había divertido mucho leyéndola e incluso había pensado que era pura ficción, inventada y compartida solo por el mero placer de pasar el rato. En todo caso, se dio cuenta enseguida de que tenía bastante más chicha de lo que la mayoría de sus seguidores creían, a tenor de los comentarios que le hacían. Casi todos se quedaban en lo anecdótico, lo frívolo y la carcajada que a veces les producía, sin reparar en los cuestionamientos que se leían claramente entre líneas sobre la identidad y lo que los demás pueden y deben saber de ti.

Finalmente, continuaba la historia, se había lanzado a anunciarles a sus padres que lo que le gustaba eran las personas de su mismo sexo (así exactamente se lo dijo) y que, por tanto, se hicieran a la idea de que no les iba a hacer abuelos, al menos biológicos. Su madre, contaba, pletórica de felicidad, había hecho una tarta de queso, su especialidad, para celebrarlo y había invitado a comer a sus dos hermanas, las tías de Dam, quienes le trataban a él y a su hermano como si fueran los hijos que ellas no tenían ni pensaban tener. Su padre solo le miraba y sonreía diciéndole: "¡La que has armado, hijo!", porque, según contaban en aquella comida de celebración, hacía siglos que lo sabían y solo estaban esperando que se produjera el anuncio oficial para poder festejarlo como se merecía. La madre no tuvo ninguna duda desde que empezó a ir al colegio y tan solo deseaban que no le causara ningún problema, tensión o trauma.

Las dos tías de Dam, que habían vivido cada una en un país a cual más exótico, una en Belice y la otra en San Marino, tan solo habían asistido a la fiesta improvisada por la madre para darle la bienvenida al club, decían ellas.

— ¿Vosotras ... también? — Preguntó asombrado Dam.

— ¿También qué? — Decía la más joven con sonrisa maliciosa.

— ¿También sois como yo? — Decía, pensando que era una broma.

— ¡Para nada! Nosotras no somos como tú. A nosotras no nos gustan los hombres como a ti. — Y estallaron todos, menos él, en una sonora carcajada que lo dejó sin saber si seguían la broma o era cierto lo que decían. Dam se había quedado de piedra, contaba en su historia en Twitter, pues nunca le había dado ni aun por sospechar lo que todos, incluso su hermano, sabían en esa familia.

Su hermano no estaba en casa, pues había ido aquel curso a estudiar a una universidad en la otra punta de España y no creía que aquello fuera motivo para hacer un alto en la preparación de sus exámenes del cuatrimestre. De todas formas, había sido él quien le empujaba, siempre que se veían, a que lo hiciera oficial ante sus padres. Aunque siempre se lo había negado a Dam, este tenía la sensación de que era un tema que ya había sido tratado en su casa a sus espaldas.

Dam quería que aquello fuera natural, que un buen día apareciera con su novio por la puerta y se lo presentara a sus padres como si nada y que en ese momento quedara todo aclarado. Si entonces había algo que hablar, se hablaría, pero no antes, pues entendía que de esa forma le estaba dando a su condición sexual una singularidad que no quería poner de manifiesto. Le había salido el tiro por la culata, pues la fiesta fue de las que se recordaban en la familia, incluso como referente para calcular cualquier otro evento: "No, fue un año más tarde, justo dos meses después de que tu hermano saliera del armario" o "pero ¿qué dices?, si entonces no habíamos celebrado aún el gran anuncio", eran frases que, en la familia, para regocijo de todos y fastidio de Dam, se oían a menudo.

El tránsito de Dam de la adolescencia a su primera juventud con el añadido de tener que hacer saber en casa sus apetencias, no se parecía en nada, como se veía, a lo que Mario estaba contemplando entonces sobre el escenario. Eso no impedía, claro está, que resultara especialmente convincente en ese papel de hijo maltratado y repudiado por su madre por no seguir la senda que se suponía recta.

Dam, se veía, era muy buen profesional. Aunque Mario no lo había visto actuar en sentido estricto, como lo estaba viendo ahora, ya sabía de sus dotes interpretativas, pues en todos estos meses en que seguía sus pasos por la red, había publicado en más de una ocasión algún fragmento de actuaciones que consideraba exitosas o dignas de mostrarlas, quizá como señuelo para que sus seguidores y quienes a través de ellos, accedieran a sus mensajes, se animaran a ir a verlo en el teatro. Había intervenido, según los cálculos que a Mario le permitía la información que de sus redes sociales sacaba, en siete obras de cierto éxito en Madrid, y alguna más (no podía determinar el número exacto) en otras ciudades de España.

Buena parte de los seguidores que tenía en su perfil lo eran por su afición al teatro y por haberle visto en escena. En sus comentarios e interacciones quedaba claro ese extremo. Mario se había asombrado al principio, pues no le sonaba ni el nombre y se tenía por una persona aficionada a la cultura en general y al teatro en particular y medianamente bien informada, aunque solo fuera obligado por su profesión.

La obra transcurría ya por senderos más profundos, pues la madre ya le había reconocido a su hijo que ni se había planteado si estaba bien o mal el desdén con que le había tratado al enterarse de su afición

—"afición" era la palabra que ella empleaba— a los hombres. A ella la habían educado en una estricta observancia religiosa y en su mundo esos comportamientos no podían ser más que desviaciones que Dios nos manda para probarnos.

Su hijo, con calma, pero muy irónicamente intentaba hacer entender a esa madre, ya en una madurez donde los cambios de opinión, costumbres, perspectivas, son prácticamente imposibles, que él no había elegido nada, que no era eso una afición, que era así, incluso aunque no quisiera seguir siéndolo. Esta evidencia sacaba a la madre de quicio, que acababa llorando y dando un quiebro a su línea argumental: no era solo el velo religioso que cubría su vida, era, sobre todo, la tortura de vivir con el estigma. El hijo ahí quedaba desarmado y se adentraba entonces la reflexión por otras vías en las que madre e hijo exponían sus puntos de vista sobre la importancia del qué dirán los demás.

La pieza se acercaba a la mitad, al clímax, y el ser o no ser de la condición humana se discutía ahora sobre la base de lo que ven los otros, la opinión ajena, el pensamiento del vecino.

Viendo ahora ahí al lado, sobre las tablas y en presencia, a Dam, Mario se preguntaba en qué momento comenzó a pensar en él más de lo que, en principio, hubiera provocado esa manera peculiar de haberle conocido. Lo cierto era que en las últimas semanas incluso había soñado un par de veces con ese joven que ahora se desenvolvía delante de él para dar vida a otro joven atormentado ante una madre cruel que no había querido o no había podido entenderle. Mario lo había incorporado a su vida y en alguna ocasión lo había mencionado en conversaciones con amigos cuando hablaban de cualquier tema, político, sobre todo, citando alguno de sus tuits como si hubieran sido fragmentos de conversación real que ambos hubieran tenido, porque se conocieran y hablaran a menudo.

Alguna vez pensó si no estaría deslizándose por una pendiente peligrosa que le hiciera hablar con fantasmas, reales en el ciberespacio, pero fantasmas al fin y al cabo en su realidad cotidiana. Entendía entonces a algunos adolescentes y jóvenes actuales cuyo mundo es más el "virtual" que el "real", pues sus amigos están en la red, sus juegos son online, sus flirteos los hacen en guásap, incluso sus acosos los impulsan o los reciben a través de sus redes sociales. Mario, que había conocido otro mundo tan alejado a este, nunca le había hecho ascos a las nuevas posibilidades que la modernidad le presentaba, bien al contrario, era siempre, como queda dicho, de los primeros en apuntarse a ellas, pero aún tenía muy claro que eso no era el mundo real.

Hasta que apareció Dam en su vida. Primero como una presencia divertida e ingeniosa que le entretenía con sus historias (era muy dado a escribir esos relatos en forma de "hilo"); poco a poco se hizo deseable por sus reflexiones, políticas las más de las veces, que a Mario le parecían siempre muy atinadas y certeras como un arma de precisión. Los debates y polémicas que generaban, a veces, le resultaban a Mario divertidos, pues muy rara vez se perdía la compostura; casi siempre, quienes participaban en ellas eran seguidores cuya visión del mundo no era tan distinta como para que las posiciones se enconasen demasiado. Finalmente, aquel actor que parecía tener mucho tiempo para escribir en las redes, aunque eso fuera solo una ilusión que generaba el hecho de publicar todos los días uno o dos mensajes, llegó a fijársele a Mario en su mente de tal manera, que se prometió asistir a alguna representación en la que actuara a la mínima oportunidad que se le presentase.

Y esa posibilidad llegó cuando su amigo Pedro le escribió un día en un mensaje que volvían a reponer *El Patio* en Madrid a finales de año, según había leído en la cartelera de un teatro al pasar. Para entonces ya sabía Mario que Dam era el actor que estaba en ese momento representando el papel masculino en esa obra. Lo sabía, claro está, porque a menudo aparecían en su cuenta referencias, críticas (siempre positivas), fotos, anuncios de próximas actuaciones, de la obra interpretada por él. Le había parecido una curiosa casualidad que se unieran en un mismo punto dos deseos que Mario acariciaba desde hacía tiempo: el actor y la obra.

Pocos días después de que recibiera aquel mensaje sobre la reposición de la pieza teatral, leyó que Dam había publicado en su cuenta la noticia y daba algún dato más. Duraría solo dos meses, diciembre y enero, y después, probablemente dejaría la obra para embarcarse en otro proyecto del que aún no quería adelantar nada; "ya sabéis cómo va esto de las supersticiones en el mundo del artisteo", había dejado escrito. Mario comenzó entonces a hacer planes. Sacó la entrada, para estar seguro de que no iba a perdérselo y, en un principio como un juego divertido, aunque irreal y más tarde como algo que podía llevarse a término sin demasiados problemas, comenzó a fantasear con la posibilidad de abordar a Dam tras la representación (no sabía bien cómo ni dónde) y tener una pequeña charla para ponerle voz natural, gestos, olores a ese personaje, que, aunque real, habitaba sus mundos virtuales y etéreos de las redes de internet.

Al principio a Mario, como ya se ha apuntado, no le había parecido atractivo. Aunque no era especialmente feo, había algo en sus rasgos que no le gustaba; quizá le recordaba a alguien, como cuando un nombre o una prenda los asociamos a una persona que nos es desagradable y ya nunca nos gusta ese nombre o esa prenda. Dam, además, parecía tener un punto de vanidad que, más que atraer, repelía al tipo de persona que era Mario. Quizá, pensaba, es consustancial a los actores y a quienes se dedican a actividades artísticas donde su físico también cuenta. No obstante, le cubría un velo misterioso y poco a poco, según pasaban los días y se sucedían los mensajes y conversaciones que estos generaban, encontraba a Dam más y más interesante. No era solo una máscara, ni un cuerpo, ni una cara bonita, como potenciaban la mayoría de los del gremio. El día que, en otro largo hilo de mensajes publicó su relación con los gimnasios, las pesas y los músculos, lo hizo de tal manera, con tanta chispa y, a veces, autocompasión por lo que creía más un defecto que una virtud, que a Mario le resultó hasta tierno. Le quedaba claro que no había desarrollado esa adicción por vanidad, si no que más bien parecía resultado de una profunda falta de autoestima que Mario estaba ya muy acostumbrado a observar precisamente en gente que, como Dam, tenían todos los motivos del mundo justo para lo contrario.

Un día el joven publicó otra historia curiosa en la que contaba, y animaba a los demás a que hicieran lo propio escribiendo también, una obsesión que tenía desde pequeño debida a algo aparentemente nimio. Había leído un librito viejo y al que incluso le faltaban páginas de lo usado que estaba, que sus padres tenían arrumbado en un cajón con otros de similares características. Era un libro de los que, bastante antes de que él naciera, se vendían y compraban una y otra vez en quioscos donde iba bajando su precio a medida que circulaba por más manos. Era literatura muy básica, escrita de encargo, apresuradamente y con la misma técnica siempre, en donde la calidad no existía, pues lo importante era el entretenimiento en épocas en que no había aún tantas posibilidades para sumergirse en mundos ajenos.

En el libro al que se refería Dam se relataba una historia de terror en la que un grupo de turistas, que iban a Roma a conocer la ciudad eterna y a divertirse, acababan en una visita guiada al Coliseo donde, de repente, no se acordaba a consecuencia de qué misterio, embrujo o ensalmo, los esqueletos de todos los muertos en el circo en la época imperial emergían de distintos lugares del mismo para aterrorizar, torturar y matar a aquellos modernos curiosos que habían convertido ese lugar de duelo en una fiesta. Apenas recordaba nada más de la trama, ni tan siquiera el título, pero contaba que por esa razón nunca había podido acercarse al Coliseo, mucho menos entrar, a pesar de que había estado dos veces en Roma. Con más ingenio irónico que súplica verdadera, pedía a sus seguidores que le ofrecieran algún remedio que pudiera vencer ese trauma, aunque sospechaba que no iba a poder superarlo en su vida.

Mario no podía creerlo cuando lo leyó, pero no por lo increíble, sino porque él también se acordaba perfectamente de esa historia. La había leído en un libro que le compró su padre en la estación de autobuses un día en que les tocaba hacer un viaje de casi tres horas a casa de unos tíos que vivían fuera. Recordaba que se lo había leído entero en esas tres horas de viaje y que también le había impresionado. No tendría más de doce años. Y, aunque, efectivamente, aquello no era literatura de calidad, se vendía mucho como pasatiempo y a unos precios tan bajos como una bolsa de pipas. La diferencia entre los recuerdos de uno y otro era que Mario sí recordaba el título, tan simple como obvio, *La venganza del Coliseo*, y recordaba que, además de la historia de terror, también tenía retazos de erotismo, que en su tierna infancia y en una España todavía con cierto olor a cerrado le parecía casi pornografía.

Mario no se contuvo y publicó un tuit contestando a ese hilo en el que daba noticia del título y hacía un comentario entre amable y guasón sobre el poder de la mala literatura en la alianza, si no de civilizaciones, sí de generaciones, pues dos personas separadas por décadas habían sintonizado con parecidos sentimientos gracias a ella. Afortunadamente a Mario no le había causado impresión tan negativa como para no poder visitar el monumento en la capital italiana, aunque sí recordaba que la única vez que lo había hecho, no hacía tanto tiempo, le vino a la memoria con una claridad prístina la trama de aquella novelita y se percató de lo distinto que era el mismo escenario en su cabeza infantil.

Dam había reaccionado a esta contestación de Mario tan solo con una amable aceptación indicando que le agradaba, pero Mario pudo comprobar al día siguiente que había empezado a seguirle a su vez.

Aunque no era, ni mucho menos, tan activo como Dam en la red, también publicaba de vez en cuando alguna reflexión al hilo de lo que otros debatían y, sobre todo, enlazaba noticias y artículos que consideraba interesantes para que sus seguidores, que eran casi invariablemente amigos, conocidos y familiares, accedieran a ello, si se les había pasado. Mario no era una celebridad como parecía serlo Dam, siempre en continuo crecimiento.

No le dio demasiada importancia a ese hecho, pues sabía que aquellos que están especialmente implicados en Twitter, y Dam era claro que lo estaba, suelen enlazar seguidores que consideran que les pueden, a su vez, publicitar más. De hecho, Dam nunca interactuó con Mario directamente, por lo que las cosas quedaron igual y no se produjo más acercamiento virtual entre ellos. Cierto es que la historia del Coliseo tuvo mucho recorrido y semanas más tarde seguían explotando el tema en la cuenta del actor, bien para contar relatos análogos, bien para continuar exprimiendo la parte divertida de una obsesión absurda.

Visto en ese momento, a Mario le parecía gracioso que aquel chico a escasos metros de él, joven y ya de mentalidad siglo XXI, le hubiera sumergido en un relato que solo le traía el recuerdo lejano y en blanco y negro de una España rancia y naif, que era la que él recordaba de su niñez.

Dam estaba plenamente transformado en ese momento en un hijo cargado de reproches que iba escupiendo contra su madre, ahora en un primer término de la escena. Ahí estaba la madre, ahora ya mucho más empequeñecida, encajando como podía todo lo que el hijo le estaba echando en cara.

Aquel hijo que se representaba en la escena lloraba cuando recordaba los días oscuros en que conversaciones de amigos le llevaban a pensar en una madre ausente. Más que ausente, hostil. No podía imaginarse qué fuerza tan poderosa llevaba a una madre a rechazar a su hijo, a ser insensible a su sufrimiento, a dejarle que se cociera en su propia desolación. No volvería a vivir aquellos años en que, descubriendo el mundo y teniendo tantas cosas que compartir con alguien, hubo de buscar oídos ajenos y hombros extraños donde ahogar sus inseguridades y sus titubeos emocionales. Él, que como casi todos los hijos, había tenido en su madre a un dios que todo lo puede y de todo protege, había visto cómo, en el peor momento de su vida, ese manto de sabiduría y protección se había esfumado.

En escena se había llegado a un punto de clímax en el que los silencios eran tan elocuentes como las palabras y los llantos. La madre apenas contestaba y parecía que, en cualquier momento iba a estallar con una violencia que toda la platea estaba esperando desde hacía rato y que, por tanto, no resultaría ya efectiva dramáticamente. Bien a las claras Mario estaba asistiendo a una partida de tenis entre posiciones irreconciliables, con un elemento que añadía el punto de drama cercano a la tragedia: el sentimiento maternofilial. Y ese elemento era lo que Dam, como actor, sabía manejar con tanta maestría, que Mario se olvidó del actor y lo que de él conocía. Desde la mitad de la obra la persona y el personaje encarnados en Dam ya eran lo mismo para Mario, en una fusión que resultaba imposible ya de destruir y volver cada pieza a su lugar.

Llegó a pensar que lo que estaba viendo en escena era lo real y lo que sabía del actor a través de las redes era ficción. Al fin y al cabo, ambas eran realidades hechas para un público desconocido. El personaje bien podía ser el que había conocido hace un año y no este que ahora veía en el escenario. No tenía garantías mejores de que fuera más verosímil lo contrario. Asistía al desarrollo de la personalidad de un joven que durante algo menos de dos horas mostraba ante un público más o menos reducido sus sentimientos, su alma desnuda, que surgía del enfrentamiento con su madre enferma e insensible. Había asistido a lo largo de un puñado de meses al desarrollo de la personalidad de un joven que iba mostrando sus inquietudes, ideas y sentimientos, sin tanto drama, es verdad, pero, al fin y a la postre, desnudándose también para un público. Que este público fuera más amplio y sostenido en el tiempo no afectaba a la realidad que se le mostraba tan clara. ¿Quién era real y quién ficción?; ¿o quizá ninguno fuera real? ¿Habría sido capaz Dam de construirse su propio personaje? Quizá el papel de la obra que estaba interpretando le había servido de inspiración especular, para construirse punto por punto diferente.

Mario se descubrió de pronto un matiz paranoico y recordó la conversación que había tenido con Nuria a mediodía. También ella estaba preocupada por cierta obsesión que, tras el incidente del móvil en el cine, se acentuaba cada día. Había comenzado a pensar en su relación, breve, pero intensa, con el arquitecto y, analizando cada detalle, cada anécdota, llegaba a conclusiones que la desesperaban. Estaba convencida de que todo había sido una farsa y que el tal Javi se había construido un personaje que le había sido rentable para mantener esa aventura. Hasta dudaba que fuera arquitecto. Mario recordaba que en ese momento solo le había recomendado a su amiga calma, pues pensaba que la decepción era aún tan dolorosa, que le impelía a abrazar conspiraciones y regodearse en el sufrimiento.

Entonces Mario desechó con un gesto, como quien se quita el sudor (que no tenía) de la frente, tan estúpida idea y decidió centrarse en la evolución de los dos personajes, que ya se habían retirado hacia el banco del fondo, generando un espacio de intimidad entre ellos que no había existido hasta ese momento en toda la obra.

En realidad, Mario no quería reconocer que desde hacía un tiempo indefinido (porque estas cosas, nunca se sabe cuándo tienen su punto de partida) podía estar enamorado, o algo muy parecido a eso, de Dam. Por eso quiso desechar la absurda idea de que no fuera alguien real, sino una invención de él mismo. Sería tanto como haberse enamorado de un personaje de ficción. Suponía que habría quien se sintiera transido de amor por Madame Bovary, Escarlata O'Hara, Jon Snow o Mickie Mouse, pero eso solo formaba parte de los márgenes del mundo real; él no iba a ser un nuevo Alonso Quijano, prendado de los encantos de una dama inexistente más allá de su imaginación. La sola idea de comparar a Dam con Dulcinea le parecía digno de alguna de esas mini historias que el actor solía publicar en Twitter para regocijo de un público ya habituado a tales "hilos".

Un día contó de esa forma una de sus historias de amor más extrañas, que Mario no supo si calificar como divertida, sórdida o repugnante. Dam había conocido en una fiesta de cumpleaños de amigos comunes a Salvador. Era un chico varios años mayor que él, que por aquel entonces tenía veintitrés. El tal Salvador estaba ya entonces rozando los cuarenta y trabajaba en la filial alemana de una empresa multinacional. Cuando Dam lo conoció le pareció, no solo un hombre muy atractivo, con ojos azules, pelo ondulado que le caía por la frente, facciones muy marcadas de chico duro y una altura considerable, sino que también descubrió en él a una persona tremendamente interesante y con unas ideas y filosofía vital que lo hacían adorable.

El muchacho vivía entonces en una ciudad importante del sur de Alemania trabajando como jefe de recursos humanos de la filial ya mencionada. Había estudiado derecho, pero nunca le gustó esa profesión, pues le parecía que quienes se dedicaban a esa rama eran esbirros de una sociedad injusta en la que el único dios era el capital, la empresa, el dinero, y cualquier medio para generar más dinero, más capital, estaba justificado y era moralmente aceptable. De eso se encargarían los juristas a su servicio, que, según Salvador, eran prácticamente todos.

Dam se lo había pasado muy bien la noche que se conocieron y volvieron a verse dos o tres veces más en aquellos primeros días. Salvador estaba de vacaciones en España y no tenía entonces más plan que pasarlas en casa de sus padres. Poco a poco le fue contando más detalles sobre su trabajo y su vida anterior. Le contó que, en realidad, su puesto en la empresa era especialmente duro, pues debía elaborar informes de los trabajadores para que, con cierta periodicidad, el jefe encargado de aquella filial despidiera a los que consideraba prescindibles o molestos para conseguir los fines marcados por la empresa. Era pues una tarea que le generaba mucho cargo de conciencia y que, a menudo, le provocaba pasar noches en blanco, pues sabía que había entregado alguna sentencia directa para el despido. Le consolaba saber que en Alemania, al menos en la ciudad donde él estaba, no había paro y encontrarían otro puesto sin mayores dificultades. Lógicamente se estaba planteando dejarlo y si no lo había hecho antes era porque no hacía mucho que se había enterado de la verdadera finalidad para la que se elaboraban aquellos informes y aún estaba asimilándolo y armándose de valor para dar el portazo en cuanto tuviera alguna otra oferta laboral seria.

Sus contactos siguieron en la distancia cuando Salvador se incorporó a su trabajo y de vez en cuando se veían en España, cada vez que este disponía de algunos días libres. Nunca quedaron en Alemania, pues, a pesar de que Dam estaba dispuesto, incluso con ilusión por conocer aquello, Salvador siempre se opuso con excusas variadas. Pasó casi un año y todo seguía bien entre ellos, cada día más enamorados, pero un día la actitud de Salvador comenzó a cambiar. Se quejaba mucho y mostraba una cierta tristeza que decía se debía a su trabajo que le minaba la conciencia. Saber que de sus informes dependía el futuro de trabajadores no era algo fácilmente soportable. En una ocasión le escribió un mensaje a mediodía desde el hospital, a donde lo habían llevado tras haber sufrido un desvanecimiento en el trabajo. No fue nada, pero le hizo replantearse dejar definitivamente ese trabajo, que estaba muy bien pagado, para volver a España e intentar otro camino.

A lo largo de todo ese tiempo, Salvador le había contado que, tras terminar sus estudios, estuvo trabajando un tiempo de guía turístico, llevando a viajeros en autobús por distintas ciudades de España mientras les iba dando informaciones varias de aquello que visitaban. Según le había confesado a Dam, era esta ocupación mucho más gratificante y siempre la recordaba con mucha añoranza.

Dos meses después del percance del hospital hizo la maleta y regresó definitivamente a España, hastiado de aquel trabajo inmoral que arrastraba por el suelo las convicciones éticas más profundas que había cultivado desde adolescente. Dam saludó este hecho con alegría, porque podrían estar juntos más tiempo, y con admiración, por la valentía que demostraba al renunciar a un puesto por el que muchos matarían.

A la semana de instalarse de nuevo en España encontró un nuevo trabajo en el sector turístico, como él quería. Dos semanas más tarde Dam descubrió la verdad. Su amiga Ester, con quien seguía teniendo contacto casi diario y que estaba al cabo de toda la historia desde el comienzo, había descubierto algo raro en el perfil de Facebook de Salvador, al que le había llevado un enlace del propio Dam. Tirando del hilo, pues Ester siempre vio algo turbio en aquel novio de su amigo, deshizo la madeja, enrevesada de veras, de mentiras, fingimientos y simulaciones.

Salvador, cuyo nombre era casi lo único cierto en esta historia, era hijo único de una familia relativamente bien situada económicamente. Cuando terminó el bachillerato, su padre le aconsejó estudiar derecho y el joven, sin demasiado convencimiento, pero tampoco oposición, se matriculó en la universidad de su provincia. Sus estudios siempre fueron mal y, al final del primer año, apenas había logrado aprobar dos asignaturas. El segundo año ya ni lo terminó. Esa fue toda la formación universitaria que recibió. Para no quedarse sin nada que hacer, completó un curso de formación de hostelería y turismo impartido por una institución local que le supuso entrar en contacto con ese mundo. Trabajó en España en el ayuntamiento del pueblo de sus abuelos como guía turístico en los meses de verano, pero, al no conseguir más ocupación que tres meses al año, decidió probar suerte en la hostelería y ahí se pasó años como camarero en distintos bares y restaurantes de la capital, siempre muy mal pagado, aunque lo suficiente para vivir. Un día un amigo le habló de lo bien remunerados que estaban esos trabajos en Alemania, donde estaba él viviendo y lo fácil que era encontrarlo. Le prometió hablar con un amigo alemán que tenía un restaurante y unos meses después Salvador estaba trabajando de camarero en una fonda rural del sur de Alemania, donde le pagaban dos veces más que en su país y por menos horas de trabajo.

Cuando conoció a Dam, era esta la situación en la que se encontraba. Y así siguió un tiempo hasta que las dificultades con el idioma, que no había sido capaz de aprender y la relativa soledad, pues pocos amigos, o ninguno, había conseguido en todo aquel tiempo, le empujaron a volver a España. Además, había ahorrado una cantidad nada despreciable. Como es lógico, el trabajo que encontró a su vuelta era un puesto de aquello que sabía hacer mejor. Avergonzado de su vida gris, insulsa y excesivamente vulgar, según su peregrino entender, se había inventado otra que creía más digna y un pelín épica para impresionar a Dam y colocarse en lo que él entendía como una posición de superioridad laboral, moral y humana.

Dam se había tragado toda la historia, entre otras cosas, porque le parecía inconcebible que alguien pudiera inventarse algo sobre sí mismo tan enrevesado. Pero ahora le cuadraba todo, especialmente que sin saber alemán pudiera trabajar en un puesto de recursos humanos en Alemania (él decía que con el inglés le bastaba) y la oposición tenaz a la idea de que fuera Dam a visitarle allí alguna vez.

Como siempre hacía, adornaba la historia de tal manera, que todos los que la leyeron aplaudieron su amenidad e ingenio. Alguno hubo que le alabó la inventiva, pero Dam fue categórico diciendo que en absoluto se había inventado nada; todo aquello había ocurrido tal cual lo había contado, ¡a los santos del cielo ponía por testigos!

El Patio se encaminaba hacia el final. El hijo ya había echado fuera todos sus fantasmas en forma de reproches y lágrimas, que se mezclaban con lógica impotencia. Buena parte del público, al menos el de las primeras filas que Mario podía observar a ráfagas, se había contagiado también y en un ejercicio de simpatía con el personaje representado derramaba alguna que otra lágrima.

A Mario no le parecía especialmente emotivo el discurso, que era interrumpido brevemente muy de cuando en cuando por la madre, de ese joven, herido por el desdén de la persona que probablemente más quería. Al fin y al cabo, pertenecía a una generación en la que había conocido varios casos como el que estaba viendo representado. Incluso, no tenía dudas, de haberle desvelado él mismo su condición a su madre, también hubiera reaccionado de forma similar. Mario no sintió nunca la necesidad de hacer una salida del armario familiar, pues sus padres habían fallecido cuando él era aún muy joven y pertenecían a un mundo en el que estas cuestiones no se trataban, mucho menos se aireaban públicamente. Tenía tres hermanos de los cuales dos habían muerto también no hacía mucho. Nunca había tenido demasiado trato con ellos y ninguna confianza, pues la diferencia de edad era bastante apreciable para ser hermanos (el más joven tenía sesenta y tres años cuando murió). En cuanto a su hermana Ana, nunca había tenido secretos con ella; no podía. Eran uña y carne desde que tuvieron uso de razón, casi a la vez, pues apenas se llevaban un año.

Los últimos diez minutos eran para la madre. Aquella actriz, un referente en el cine español de hacía treinta años, se crecía de tal manera, que el personaje del hijo, muy bien desempeñado por Dam, se quedaba verdaderamente pequeñito. Ella desvelaba con una calma que producía pavor que su sufrimiento había sido incomparablemente mayor al del hijo. Era lo que más quería en el mundo y se vio obligada a rechazarlo, a ocultarlo, a olvidarlo. Le confesaba que muchas veces se sorprendía deseando su muerte para que el estigma, la maldición desapareciera. No entendía por qué Dios le había enviado esa prueba tan dura a ella precisamente. Y sin embargo seguía amando a su hijo por encima de todas las cosas, incluso por encima de Dios mismo. El fuego interno que sentía, producto de una lucha titánica entre lo que ella entendía razonable y los sentimientos, imposibles de contener, producía en ella una angustia tan intensa que la impedía dormir durante varios días seguidos.

Por supuesto que había seguido preocupándose por su hijo, le revelaba en esos últimos momentos de la obra. Había seguido cada paso que había dado desde que salió de casa. Hasta contrató a una persona que alguien le recomendó con el fin de que la tuviera informada de dónde, cómo y con quién vivía. Y se preocupó de que nunca tuviera necesidades económicas enviándole por sus sobrinas, las primas con las que tan bien se llevaba aquel hijo descarriado, cantidades importantes de dinero en dos ocasiones que se había visto en apuros.

La obra iba cerrándose, pues en solo cinco minutos se pondría el punto final definitivo. Ya no había diálogo. El dramaturgo había dejado para el cierre a los personajes mudos, pues ya poco más debían decirse. La escena final había sido muy comentada en las primeras crónicas que sobre este espectáculo se habían escrito y Mario comprendía ahora que no era para menos. No obstante y a pesar de las críticas de algunos gurús de la escena, pudo apreciar que estaba tratada con más delicadeza de lo que, en principio cabía pensarse. Ciertamente, sin embargo, la violencia, que había estado presente a lo largo de todo el diálogo a dos, quedaba sublimada en este clímax último.

El personaje interpretado por Dam quedaba en un primer plano sobre el que caía un chorro de luz crepuscular, en progresión menguante durante unos segundos, que imprimía un subrayado de decadencia cruel sobre aquel hijo entre desvalido y fortalecido por todo lo que los espectadores acababan de presenciar. La madre, en el banco del fondo, había quedado ya en penumbra antes. Cuando la luz era tan solo un hilo cenital, cayó el telón a la vez que la sala estallaba en una ovación muy sentida.

Saludaron varias veces a un público que les regalaba generosos aplausos. Cuando las primeras filas comenzaron a ponerse de pie, Mario también lo hizo, pues de verdad pensaba que el trabajo interpretativo merecía un reconocimiento más entregado. En ese instante creyó ver que Dam le miraba directamente a él y le agradecía haberse dignado a asistir a su obra. Era como si individualizara en Mario su agradecimiento de una forma especial, como si supiera que había recorrido muchos kilómetros para ver la función y había organizado sus planes prenavideños de forma que todo cuadrase y no se perdiera la representación de *El Patio*. Evidentemente era solo una ilusión, entre óptica y mental, que indicaba una vez más que tal vez había algo más que curiosidad en los sentimientos que tenía hacia ese joven.

Estaba riéndose de sí mismo por lo que se había representado en su mente con aquella mirada rápida que el actor le había lanzado como a tantos otros asistentes de platea, cuando observó que Dam se desprendía del semi abrazo que les mantenía unidos a los dos intérpretes mientras saludaban y con gestos mandaba callar al público. Una vez cesaron los aplausos, se dirigió a quienes habían sido espectadores pasivos durante casi dos horas y les anunció:

— Queridos amigos, hoy cumplimos las quinientas representaciones de *El Patio*. Aunque yo no he sido siempre quien ha interpretado a este hijo atormentado, es esta una obra que, tanto a Luisa como a mí, nos ha hecho mejores personas. Por eso queremos agradecérselo a todos cuantos han visto esta función desde su estreno, hace ya cuatro años, en esta misma sala; y queremos hacerlo de forma simbólica en este grupo que formáis vosotros, nuestros últimos cómplices en este trayecto. Así que ahora en el vestíbulo de la entrada estaremos un rato más, charlando, haciéndonos fotos para vuestras y nuestras redes sociales, compartiendo algún momento de buen rollo y alegría. Muchas gracias. Os esperamos fuera.

El gesto de la actriz era desconcertante. Por un momento parecía que eso no estaba previsto y que a Dam se le habían cruzado los cables. Pero enseguida todos comprendieron que el buen hacer como gran dama de la escena les estaba poniendo a prueba. El público estalló de nuevo en aplausos, ellos volvieron a abrazarse y su compañera de tablas recuperó la enorme sonrisa con la que había saludado unos segundos antes.

Diez menos cuarto de la noche

— Muchas gracias por venir a vernos. Me alegra que te haya gustado la historia. — Le dijo Dam a Mario mientras le estrechaba la mano.

— Claro, me ha encantado, sobre todo la interpretación. He felicitado ya a tu compañera por ello. — Contestó Mario con una sonrisa pícara que Dam apenas tuvo tiempo de ver, pues en ese momento se le acercaba un matrimonio mayor dándole los parabienes de rigor desde cierta distancia mientras la señora extendía sus brazos con intención de que Dam correspondiera haciendo lo propio y abrazándola.

Mario se había demorado más de lo razonable en salir de la sala del teatro, pues no encontraba la bufanda, que había mantenido con el abrigo en su regazo durante toda la representación. Se había debido de caer en algún momento por algún movimiento en la butaca y tardó un rato en encontrarla debajo del asiento delantero; tuvo que esperar a que saliera toda la fila para poder maniobrar y recuperar la prenda. De esa forma, cuando accedió al vestíbulo, la gente formaba grupos llenándolo todo, pues no era muy grande. Muchos espectadores se habían marchado sin esperar a hablar o simplemente a fotografiarse con los actores, como recuerdo bonito que enseñar a sus amigos y familiares, pero, aun así, quienes se habían quedado formaban un cuadro que semejaba multitud en aquel reducido espacio donde se sentía un frío incómodo provocado por el abrir y cerrar de las puertas de la calle.

Los actores, como había prometido Dam, estaban charlando en distintos círculos y se les identificaba muy bien por los móviles, que se mostraban ostentosos en la maniobra de tomar fotos variadas casi de continuo, en distintas poses siempre, con algún espectador a su lado, las más de las veces con un brazo pasando por la espalda del compañero para alcanzar el hombro opuesto. Dam hablaba y sonreía constantemente y formaba gestos de sorpresa y agradecimiento constante con aquellos que se le acercaban y le daban la mano. Luisa Soto, sin embargo, se mostraba más contenida con sus acompañantes al otro lado de la sala, donde tenía una columna a sus espaldas, que, a veces, usaba para apoyarse en ella brevemente. Componía aún, a pesar de sus años, una figura imponente. Mario no sabía si era debido a su porte, a su elegancia, a su madurez o al reflejo inmaterial de lo que había sido en el mundo de la interpretación. Hacia ella se dirigió apenas alcanzó, ya con su bufanda al cuello, el vestíbulo. No se detuvo mucho con ella, pues estaba muy solicitada y el interés de Mario estaba puesto en el otro intérprete. La felicitó por la obra y le declaró su admiración desde tiempos remotos de tal manera que sonó un poco ofensivo al recodarle que ya no era una jovencita. La Soto, como se la había conocido en todo el país tiempo atrás, a pesar de estar ya muy acostumbrada a los elogios, agradeció el cumplido y le dio dos besos en las mejillas, un gesto que extrañó al propio Mario, no digamos a los demás que formaban corro allí mismo, pues no era ese el saludo que empleaba con los otros asistentes que se le acercaban a cumplimentarla.

Dam estaba despidiéndose de un pequeño grupo de amigos formando por dos chicos y una chica, los tres muy jóvenes, con los que se había tomado varias fotos en distintos formatos y combinaciones, sin duda alguna para publicarlas en alguna red social. Mario aprovechó ese momento para abordarle y fue directo hacia él desde el lugar en que Luisa Soto acababa de darle ese cariñoso agradecimiento.

— Es muy agradable, pero sigo pensando que no es nada guapo. — Oyó que decía la chica del grupo cuando se cruzó con ellos en esos escasos veinte metros que le separaban de Dam.

— Te felicito por el trabajo. Me lo he pasado muy bien.— Le dijo, mientras le tendía la mano.

— Muchas gracias por venir a vernos. Me alegra que te haya gustado la historia.

A Mario le dio la impresión de que Dam había enrojecido al dirigirse a él. Aunque sonara paradójico, había conocido ya a algún actor o cantante que en las distancias cortas era profundamente tímido, lo que siempre desconcertaba en un primer momento. Así pues, pensó que Dam era uno más de ese grupo de artistas que se transforman por completo en el escenario, dejando en el camerino sus inseguridades personales y su timidez. Ese hecho le pareció enternecedor y consiguió que aún sintiera mucho más interés por conocerle más a fondo. Aprovechó el momento en que el matrimonio ya anciano estaba sacándose unas fotos con él para liberarse del miedo al ridículo que tenía desde que, hacía unas horas ya, había preparado la manera de abordarle de forma que no se quedara en una felicitación más de las muchas que en ese momento estaba recibiendo.

Cuando volvió a quedarse solo, Dam se giró hacia donde esperaba Mario y con una sonrisa le invitó a acercarse mientras le preguntaba si no quería una foto de recuerdo. Mario declinó el ofrecimiento excusándose en que su móvil no tenía batería.

— Además no soy muy aficionado a estas cosas. Siempre pienso que debéis de estar muy hartos de ensayar poses, siempre fingidas, con gente tan diferente a la que no conocéis de nada.

— A mí no me molesta, al contrario. Incluso me hace ilusión verme después en alguna publicación que alguien ha subido a su *Facebook* o *Instagram* como recuerdo de una tarde de teatro. Supongo que es un ejercicio de vanidad. Pero ya sabes, somos actores— protestó Dam.

Mario no podía arriesgarse a que otra persona o grupo volviera a interrumpirlos. Sería ya muy evidente su interés, si volvía a quedarse ahí esperando a una tercera tanda de conversación. Así que se armó de valor asumiendo cualquier tipo de reacción posible por parte de su interlocutor.

— Había leído sobre la obra, pero creo que sin verla no se puede entender lo que de verdad se cuenta. Son sensaciones que difícilmente se pueden transmitir en una reseña crítica.— Y sin apenas transición, continuó. — Ahora bien, nada comparable a *La venganza del Coliseo*— Y acompañó esta última frase con una leve sonrisa que acertó a componer justo cuando el gesto de sorpresa e incredulidad de Dam le indicaba que había dado en el blanco.

Los dos se quedaron unos segundos callados, lo justo para que otra pareja de mediana edad casi se interpusiera entre ambos con palabras de halago y exagerados cumplidos. Dam volvió a la realidad del vestíbulo y, antes de dedicarles la atención que demandaban, le dijo a Mario.

— Discúlpame unos minutos, por favor. Si no tienes prisa, me gustaría seguir hablando un poquito más contigo.

Mario asintió, se retiró unos metros y esperó contemplando los carteles que no había podido disfrutar a la entrada. Así permaneció unos diez minutos, aunque a él le parecieron bastantes más. Cada poco tiempo miraba de reojo los movimientos y las evoluciones de Dam y comprobó en un par de ocasiones que el actor también le observaba disimuladamente, como vigilando que no se escapara. Eso le tranquilizaba, pues se dio cuenta de que la curiosidad que había pretendido sembrar en él con ese comentario, había prendido bien a fondo, más quizá de lo que hubiera esperado.

La suerte, el destino, los hados habían urdido la tela para que todo se desarrollara mucho mejor de lo que nunca imaginó. A Mario se le había puesto en bandeja la posibilidad, ciertamente remota, aunque no imposible, hasta hacía unos minutos, de entrar en contacto con Dam. No esperaba mucho de aquello, pero en cuanto decidió ir a ver esa obra de teatro, fantaseó una y otra vez con una situación en la que ambos se conocían (no sabía muy bien cómo), comenzaban a charlar e, incluso, iniciaban una relación, si no de amistad, sí de cercanía, que le permitía a Mario comunicarse con Dam, aunque fuera en la distancia, de vez en cuando.

Aunque esto era solo una fantasía, creía de veras que Dam merecía la pena. Había demostrado, tan solo con sus comunicaciones en esa red social, que tenía cosas que decir y que contar, que había ideas en su mente que defender y propagar, que derrochaba ingenio y sentido del humor aun en los temas más reacios a aceptar cualquier humorada como aliño.

No sabía cómo, pero estaba decidido a contactar con el actor, por eso había planificado varias posibilidades de ataque. Quizá podía intentar acercarse a los camerinos a felicitar a los intérpretes e iniciar una charla posterior con Dam en exclusiva. Tal vez esa no fuera una buena idea, pues no le permitirían acceder a lugares privados del edificio, ya que no era familiar, amigo, ni tan siquiera conocido. Podría inventarse alguna relación; total, no le iban a pedir justificación documentada. También había pensado en esperar en el *hall* de entrada o en la misma calle a la salida de los actores y abordarle en ese momento con alguna excusa. Esto último le parecía lo más factible, aunque también lo más cutre. ¿Cómo iba a interceptarlo? Tal vez saldría acompañado; quedaría bastante ridículo. No iba a comportarse como una adolescente *groupie* que espera, con el frío de la calle, a que aparezca su ídolo. Había decidido, finalmente, que intentaría acceder a los camerinos y, si eso no funcionaba, no le quedaría más remedio que esperarlo en la calle, al salir, cuando ya no quedara en los alrededores ningún asistente a la función.

De todas formas, no las tenía todas consigo cuando cayó el telón y el público recibió con largos aplausos el saludo de los intérpretes. De hecho, en aquel momento comenzó a recorrerle cierto nerviosismo por lo que estaba a punto de hacer, comportándose, casi con toda seguridad, como un auténtico friqui. Fue en ese instante de vacilación, cuando Dam mandó callar a la gente para invitarles a charlar un rato con ellos antes de recogerse a sus casas. Nunca Mario había visto tan clara la intervención divina. Parecía seguir un guion perfecto que, además había escrito él mismo. Ahora sí sabía que ya nada podía salir mal. Y lo más importante, se le había evitado la comisión de uno de los ridículos más difíciles de justificar.

La Soto ya se había retirado a su camerino, o al menos, no se la veía ya por ahí, pero Dam seguía hablando y bromeando, por lo que se deducía de las risas y reacciones de quienes formaban grupo con él. Pero, como Mario había notado la vigilancia desde la distancia sobre él, a partir de un determinado momento se relajó y pudo centrarse en las fotos antiguas que recordaban la historia de esa sala desde su fundación a finales del siglo XIX. Toda una pared estaba decorada con fotos de representaciones que allí habían tenido lugar y éxito importante. Allí estaba también una instantánea que recogía el saludo final de todo el elenco de la primera obra que él había visto en ese teatro. Hacía ya más de un cuarto de siglo.

Mario siempre había discutido con Juanfran sobre ese momento. Los dos habían asistido a aquella función de *El enfermo imaginario* de Molière hacía tanto tiempo, pero, mientras Juanfran decía que esa había sido la primera vez que habían salido juntos, aunque no solos, pues iban en una panda de amigos, Mario aseguraba que cuando coincidieron en ese teatro ya habían estado divirtiéndose en más de una ocasión con otra gente por Madrid. No se habían puesto de acuerdo nunca en el "hecho fundacional", lo cual no indicaba precisamente buenos augurios. En todo caso, recordaba ahora aquellos años de juventud, entre alocada y pánfila, en que había conocido al que fue su gran amor y con quien había llegado a compartir cama y macarrones (como dice el poeta) durante casi una década. No le apetecía pensar ahora en lo que pudo haber sido y no fue, ni culparse más de lo que ya lo había hecho desde que aquella historia terminó, así que hizo un esfuerzo para salir de aquella fotografía y se giró con cierta brusquedad, provocada por la incipiente añoranza que le había traído aquel recuerdo. Entonces vio a Dam que le hacía un gesto claro con la mano que le quedaba libre para que se acercara.

La otra mano la ocupaba con otro gesto un poco infantil que se había puesto de moda en las fotos de grupo. Porque estaba haciéndose la última foto con uno de cuatro amigas que parecían muy divertidas, cuyas actitudes indicaban bien a las claras que la noche no había hecho nada más que empezar. Mario se dirigió hacia él y en ese intervalo, el grupo se fue estirando hasta alcanzar la puerta de la calle. Apenas quedaban dos parejas rezagadas, probablemente esperando a alguien que hubiera ido al servicio, pues se les veía con actitud de inminente partida. Dam se adelantó para acercarse más a Mario y retomó la conversación interrumpida, ahora ya más relajado y con franca sonrisa:

— ¿Eres tú el inconfesable amante de literatura infame, entonces? Nunca hubiera imaginado que nos conociéramos en persona. Aún sigo anonadado.

— Pues sí, ya ves. Parece que tenemos gustos similares—, dijo Mario con toda la sorna de la que fue capaz. — Pero bueno, yo juego con ventaja, yo sí sabía que te conocería personalmente. Te he seguido en las redes y sabía que actuarías hoy aquí.

— No me digas que has venido a vernos solo para conocer al autor de las tonterías que publico en Twitter. No me hundas. Yo creí que te interesaba la obra; o al menos mi trabajo como actor.

Mario le puso la mano en el hombro con afecto y, sonriendo, le contestó:

— Claro, hombre. Espero que no pienses que estoy tan pasado de vueltas que vengo al teatro para conocer a uno de mis *crush* de internet.

— ¿Soy uno de tus *crush*?—, replicó a la vez que emitía una leve risa apagada que indicaba que había entendido la broma.

— Bueno, ya no. He visto que tengo mucha competencia y ya no tengo edad para participar en carreras de fondo. ¡Lástima!

Ahora Dam ya sí soltó una carcajada, secundada también Mario. El joven actor, una vez recuperado el gesto, le indicó:

— No sé si tienes prisa o planes para esta noche y perdona si te resulta intimidante, pero me gustaría charlar un rato contigo. También te sigo, como ya sabrás, y tus intervenciones en Twitter me parecen de lo más elaboradas. Además, que tener a mano a la única persona que posiblemente recuerde, como yo, la trama de aquella novelita de terror me parece super sugerente. De verdad que ha sido un placer conocerte en persona.

Mario no podía creer su suerte. Todo estaba saliendo a pedir de boca. ¿Dónde estaba la cámara oculta? ¿Cuándo se despertaría? ¡Había imaginado tantas veces este encuentro! Y, sin embargo, ni en las versiones más optimistas podía siquiera soñar que sería el propio Dam quien le pediría que le regalara unos minutos más de su atención. ¿Qué podía haber visto ese muchacho en sus mensajes, si solo comentaba noticias, publicaba enlaces a artículos o documentos gráficos e interactuaba de vez en cuando en polémicas que tocaban algún tema de su concreta competencia.

— Vale. A mí también me apetece charlar de tus obras maestras, de tus "hilos", que tanto éxito tienen entre tu feligresía, ¡y con razón! Pero no el tema "Coliseo", tabú en la conversación, ¿vale?— contestó finalmente.

— ¡Vale! Mira, si no te importa esperarme un momentito fuera; es que van a cerrar—, le indicaba Dam mientras le señalaba a los conserjes que estaban esperando a los dos hombres con cara circunspecta que apenas podía contener el fastidio. En circunstancias normales, haría ya, al menos, media hora que aquello estaría cerrado y en silencio, pero esta noche se había alargado por la celebración y, encima, esos dos ahora seguían de palique sin ninguna consideración hacia el trabajo de los demás, o, más bien, su descanso.

— Sí, desde luego. Mis planes ahora eran irme a dormir, así que no tengo que cancelar nada importante. Te espero fuera, de acuerdo.— Dijo Mario mientras se abrochaba el abrigo para salir.

— Serán unos minutos. Me cambio, recojo mis cosas y salgo. ¡Hasta ahora!

Y desapareció por un lateral a la vez que Mario se despedía de los conserjes y salía al frio de la noche madrileña.

Al salir, aún había tres personas, a las que había visto dentro hacía un momento, con aspecto de estar esperando a alguien también. Se saludaron e iniciaron un breve intercambio de frases intranscendentes sobre la obra que habían visto, su calidad y, sobre todo, su actualidad. No era una discusión, ni tan siquiera una tertulia, tan solo frases que los demás hacían suyas sin oponer una coma. A los dos minutos, por

Tardó algo más de lo prometido, pero finalmente, un cuarto de hora después, ahí estaba Dam, con unos vaqueros que parecían los mismos que había llevado en la función, una camiseta verde, una bufanda de cuadros negros y rojos y una cazadora bastante ceñida que dejaba ver que su cuerpo había sido bien trabajado y esculpido en el gimnasio: ningún secreto para Mario. Se dio cuenta de que llevaba el pelo algo húmedo, por lo que dedujo que se habría duchado. Eso le halagó en su amor propio, pues asumió que se había arreglado más de lo debido quizás para él, ya que ninguna otra persona lo esperaba fuera. Nada más llegar al lugar donde le aguardaba, le dijo:

— Disculpa la espera. ¿De verdad que no tienes planes? No me gustaría estorbártelos.

— En absoluto, de verdad. Me iré al hotel a dormir en nada. He llegado hoy mismo a Madrid y mañana quería aprovechar antes del mediodía para hacer compras. — Repuso Mario. — Por cierto, me llamo Mario—, dijo alargándole la mano para saludarle como si fuera la primera vez que se veían y como correspondía a una presentación en regla. — Tu ya eres conocido, Dam, no es necesario presentación en tu caso, pero sí en el mío.

Dam sonrío, le estrechó la mano y le corrigió:

— Yo soy Guillermo. Dam es solo mi nombre, digamos, "artístico"—, e hizo el gesto de las comillas con los dedos. — Así que, como ves, también necesito presentación. Porque ahora no estoy en el escenario—. Y sonrió abiertamente de nuevo.

Mario se sorprendió más de lo que Dam había esperado, a pesar de que no estaba tan fuera de lo común la elección de un nombre artístico, especialmente si el propio que llevas desde la cuna sonaba mal o no tenía gancho. Siempre le había extrañado algo ese nombre en un chico que no tenía ninguna relación con otro país que no fuera el suyo, pero no le dio mucha importancia, pues ya había un buen número de muchachos en la treintena con nombres alejados del canon religioso-tradicional. Incluso había llegado a pensar que era la abreviatura de Damián, perfectamente acorde con el santoral, pero no tan glamuroso como la versión apocopada que le daba ese aire hollywoodiano.

Comenzaron a andar en dirección opuesta a donde se había ido la Soto con sus amigos, es decir, hacia la plaza. Ninguno de los dos había propuesto esa dirección, ni tan siquiera que fueran a ningún sitio, pero parecían moverse impulsados por un imán que saliera del gentío que a esas horas de la noche se estaba reuniendo en aquella plaza, en la que había un gran número de bares y lugares de marcha, por otra parte. Mientras caminaban, Dam le iba proponiendo tomar una cerveza o un café en un lugar a escasos metros, justo a medio camino entre el teatro y la plaza animada, que ya tenían más cerca.

— Es un sitio muy concurrido a partir de determinada hora, pero ahora es todavía temprano y seguro que podemos encontrar alguna mesa libre. Tengo que comer algo, que desde las 2 de la tarde no he probado bocado.

— Vale, como quieras. Yo también te acompaño en la tapa, aunque no tengo mucha hambre, pero supongo que no es bueno ayunar toda la tarde y la noche.— Respondió Mario.

Efectivamente, el sitio estaba a medio gas, más bien, casi vacío, y no tuvieron problema en sentarse al lado de la ventana por donde veían el movimiento nocturno de la ciudad. El bar era muy agradable, acogedor y decorado con gusto minimalista. Una de las camareras —había dos— conocía a Dam y le preguntó cómo había resultado esa tarde. Intercambiaron algunas bromas y, antes de sentarse, ella le hizo una caricia en el pelo. Ya en la mesa decidieron lo que iban a pedir y antes de que la chica se acercara a anotar el pedido, Mario enganchó la conversación con el momento en el que se habían presentado:

—Todavía estoy muy sorprendido de que tu nombre real no sea Dam. Pero, ¿esto lo sabe todo el mundo? Porque en las redes todos los que interactúan contigo se dirigen a ti con ese nombre.

Dam —o Guillermo— sonrió entre avergonzado y condescendiente. Le debió de parecer en ese momento la persona más ingenua de la ciudad. ¿Qué había tan fuera de lo común en adoptar un nombre distinto al tuyo en las redes sociales? y, además, siendo el mismo que el que usaba en el teatro.

— Exacto, en las redes. ¡En las redes se miente más que se habla!

Eso lo sabe todo el mundo y no creo que tú seas una excepción. Aunque te veo tan asombrado que quizá sí lo eres; la excepción, digo. A nadie le importa cómo te llamas en realidad. Si tú te has puesto ese nombre, la gente lo acepta y punto. Saben que somos más una creación que un personaje de carne y hueso. No se hacen más preguntas sobre este particular.

— Ya, claro. — Continuó Mario. — Pero ahí tienes también amigos que te siguen y nunca he notado que nadie te cite con tu nombre real.

— Bueno, supongo que ellos siguen el juego. Saben que están hablando más a un personaje que a una persona y ese personaje se hace llamar Dam, así que ellos me llaman Dam. Puede ser hasta divertido.

La camarera apareció en ese momento con dos cervezas y les tomó nota de lo que querían para picar. Apenas pidieron un par de medias raciones. Mario insistió en que no tenía mucha hambre y que no merecía la pena encargar raciones enteras. A Dam le pareció bien. Cuando quedaron solos, Mario volvió a la carga:

— Pero ellos, en la vida real, te llamarán Guillermo, supongo.

No acababa de entender que aquel al que tenía delante y a quien llevaba leyendo y siguiendo tanto tiempo tuviera otro nombre en realidad. Recordó entonces otra vez las palabras de Julieta: "la rosa no dejará de ser rosa, aunque se llamara de otra manera", y le pareció curioso e inquietante que algo le hubiera llevado de nuevo a ese mismo pasaje en una misma noche.

— Sí, bueno, aunque algunas veces casi pesa más ya la vida virtual, con lo que tampoco es raro que me sigan llamando Dam. Algunos de ellos me conocieron antes con este nombre—, y le guiñó un ojo a la vez que sonreía, —como tú mismo.

— ¡Vaya! Interesante, la verdad. Nunca lo hubiera pensado. Te veía tan… auténtico, tan sincero, ¡tan real!

— ¿Real?— Dam no pudo contener una carcajada que podía sonar a cierto aire de superioridad. —¿Quién queda real hoy en día? Si todos mentimos, todos fingimos. Y en el mundo de internet ya ni te cuento. ¿Acaso tú todo lo que escribes ahí, todo lo que dices de ti es cierto, te sale de lo más profundo del corazón? ¿No has fingido en ninguna ocasión?

Mario se sintió por un momento como un niño que no se sabe la lección ante el maestro que le reprende. Pensó que debía de estar dando una imagen pésima, una imagen de hombre despistado y ausente del mundo real que le dolió, pues se tenía, y estaba bien seguro de que lo era, por alguien bien informado y con los pies perfectamente anclados a la realidad. Pero ese joven tenía razón en lo que decía y él estaba resultando ya demasiado simple, o al menos tenía esa sensación. Así pues, se recompuso para conducir la conversación por terreno menos yermo.

— ¡Sí, claro, por supuesto! ¿Y quién no? Pero lo haces cuando los fines así lo exigen. Por ejemplo, en las aplicaciones de ligue. Ahí todos fingimos, ¿no? Todos tenemos menos edad, todos somos más altos, menos gordos, y no decimos más guapos, porque acompañamos la foto, pero aun así la foto que publicamos siempre es la que mejor tenemos.

— Bueno, yo más bien diría que la que mejor creemos que tenemos. — Añadía Dam entre risas. —¡Cuántas veces me he encontrado con alguien que previamente había visto en foto y al natural es mucho mejor! Por ejemplo, tú mismo.— Aquí bajó la vista al vaso que tenía delante y Mario notó que se había sonrojado levemente. Estaba claro que no fingía, que no era un cumplido aprendido y que, probablemente, no hubiera querido decirlo con tanta claridad.

— ¡Hombre! Gracias por el cumplido.— Reaccionó rápidamente Mario para ayudar a pasar ese momento de inopinada sinceridad. — De todos modos, yo no suelo fingir mucho. Los que tenemos ya una edad hemos pasado casi media vida fingiendo. Fingiendo que deseábamos lo que no deseábamos, que apetecíamos lo que nos dejaba fríos. Hemos fingido incluso con el gesto, con la mirada.

Mario hablaba en este caso de las dificultades que había tenido en su adolescencia, especialmente, para poder vivir sus deseos con una normalidad que no era fácilmente tolerada entonces. Ambos obviaban el tema de su condición sexual, pues ambos estaban perfectamente al corriente de que el otro estaba al corriente, no en vano, en Twitter, su principal y casi única fuente de conocimiento, estaban claros sus gustos y sus modos de vida. En ningún momento necesitaron verbalizar algo que ya sabían y que, probablemente ya asumía con la misma normalidad que la mayoría de las personas dan por supuesta la heterosexualidad de alguien a quien acaban de conocer. Por eso, Dam sabía perfectamente a qué se estaba refiriendo Mario en ese momento y por eso contestó:

— Lo sé. Pero no te creas que los que somos más jóvenes no hemos tenido que disimular. No lo tuvimos todo hecho desde el principio.

— Entiendo, pero vosotros ya habéis tenido la suerte, de lo cual me alegro, de encontraros las cosas un poco más fáciles, ¿no? — Mario no reprochaba, bien al contrario, hacía sonar sus palabras como parte de un discurso de satisfacción por los logros alcanzados. — Aunque nadie lo tiene nunca fácil. Pero, imagínate con dieciocho años, pensando que eres la única persona en el mundo. Me lo disimulaba incluso a mí mismo mirando con deseo ensayado a las chicas que pasaban delante de mí y bajando los ojos para no ponerlos en los chicos, sobre todo si eran guapos. Y esto lo hacía incluso aunque estuviera solo y nadie pudiera verme.

— Eso lo hemos hecho todos alguna vez. Yo también, a pesar de vivir otra época.

— Bien, vale. Pero tú, al menos, no has tenido apenas problemas con tu opción sexual, si es verdad lo que cuentas. ¿O eso también es mentira? — Lo había preguntado entre risas, porque suponía sin ninguna duda que su historia en Twitter sobre su salida del armario era completamente cierta. La salsa alegre, divertida, con que había aliñado el relato ya estaría más o menos "decorada", como decía Dam.

— Bueno, bueno, todo se adorna. Digamos que alguna cosa literaria hay también en esa narración.— Y volvía a la carga con los matices. — Todas mis historias, todos mis "hilos" tienen su parte de literatura. Arrancan de una base más o menos real, cierta, pero luego, a partir de ahí, se van añadiendo ornamentos ficticios, porque si no, no tendrían el éxito que tienen. Yo, hace tiempo, me propuse ser un "tuitstar" como dicen algunos y no me va mal, pero para ello no basta con contar lo primero que te viene a la mente, o tus experiencias personales sin más. Si quieres que la gente te siga, debes seguir un plan, en el que siempre es importante tener en cuenta los gustos de tus seguidores. Y los míos me quieren divertido, sorprendente y sin mal rollo. Así que, también se sacrifica la verdad por el placer que procura ser admirado. ¿A quién no le gusta gustar?

— Lo cierto es que está muy bien lo que escribes. — Mario se creyó en la obligación de sumarse al coro de los elogios en este punto. — A mí me encantan tus pequeñas historias. Desde que te descubrí me alegras el día un poquito cada vez que te decides a escribir uno de tus "hilos", que bien podrías darles un poco más de forma y animarte a publicarlos a la manera de relatos breves. Eso si no se convierten ya en un subgénero literario *per se.*

— También tienes razón. Incluso creo que se ha convocado ya algún concurso "literario" de "hilos" de Twitter. Nada de extraño: los tiempos cambian los géneros.

Volvió la camarera amiga de Dam, trayendo las tapas que habían pedido y con otra amiga que, por lo visto, acababa de entrar y quería saludarle, pues llegaba del extranjero ese día para pasar las fiestas con su familia. Después de los besos y abrazos de rigor, intercambiaron algunas frases para ponerse al corriente el uno del otro, aunque no necesitaban mucho, pues estaban en contacto permanente a través de las redes sociales. De hecho, comentaron alguna de las publicaciones que había subido Dam en la última semana, en la que había acompañado también material fotográfico y en una de esas fotos aparecía ella en un grupo de amigos de hacía unos años. Mario, les escuchaba sin mirarles, pues creía que resultaría de mala educación, así que se limitó a jugar con el vaso, ya vacío, mientras miraba por la ventana.

Un ligero parecido de la joven le hizo recordar en ese momento a Miriam, la novia más en serio que había tenido, si es que alguna de las variadas relaciones con chicas hubiera de merecer tal calificativo. La conoció cuando él andaba enamorado del que luego acabó siendo su mejor amigo en la facultad. Mario estaba acostumbrado por aquel entonces a no aspirar más allá de a una buena amistad que le mantuviera el mayor tiempo posible al lado de los chicos de los que quedaba prendado, y eran muchos, como corresponde a los dieciocho o diecinueve años de la vida de cualquiera, los que él tenía entonces.

A Martín lo había conocido en los bancos de la biblioteca las tardes en que se quedaba a estudiar por falta de recursos y de tranquilidad en el piso de estudiantes en el que vivía por aquellas fechas. Como ambos cursaban la misma carrera, enseguida encontraron temas de conversación e intereses comunes, lo que les llevó a pasarse las horas muertas a la puerta de la biblioteca charlando y fumando un cigarrillo tras otro, hasta que les daba la hora de cerrar y tenían que entrar apresuradamente para recoger sus apuntes y salir pitando para casa. Había días en los que no llegaban a abrirlos. De esa forma pasaban tardes enteras en las que los estudios eran lo secundario, casi una excusa para poder encontrarse en aquel lugar y divertirse discutiendo de política, de literatura y contándose aventuras vividas o soñadas. Sin darse cuenta Mario acabó enganchado de los encantos de aquel chico, cuyo aspecto físico, no demasiado atractivo, quedaba suplido con creces con la inteligencia y sentido del humor que se descubría a poco que se hubiera entablado conversación con él.

Apenas un mes después de haber conocido a Martín, se dio cuenta de que estaba enamorado de él. A la vez aceptó, como hacía siempre en estos casos, que nunca llegaría a sentirse correspondido. En esta ocasión, además, había quedado claro desde el principio la atracción potente que su amigo sentía por las chicas, pues era materia común de conversación y ya le había confesado a Mario que vivía penando por una que le mataba con su indiferencia. Así pues, Mario desplegó una de las estrategias que solía usar cuando esto ocurría.

Miriam pertenecía al círculo de amistades más estrechas de Martín, de hecho, era algo familia de él y el trato que se dispensaban era casi como de hermanos. Una vez que ella había intentado acercarse más de lo que las costumbres de una buena amistad aconsejaban, algo a lo que Mario estaba bastante habituado, pues tenía más éxito con las chicas de lo que hubiera deseado nunca, aprovechó la oportunidad que ese atracción le presentaba para comenzar una relación de noviazgo que le permitiría estar más en contacto con Martín, sin tener que dar explicaciones a nadie, pues todo el mundo pensaría que era Miriam y no Mario quien buscaba la compañía de su amigo. Lo cierto es que aquella relación, que comenzó como un juego de estrategia, se alargó dos años y dio de sí lo suficiente como para que vivieran experiencias importantes juntos, muy valiosas para el futuro de Mario.

Una de esas experiencias tuvo que ver con Francia y el francés. Este idioma lo aprendió Mario a lo largo de un año en que pasó temporadas en la capital francesa con su novia, que, por aquel entonces, un año después de conocerse, estaba haciendo un *erasmus* en París. Aunque Mario seguía cursando Periodismo en Madrid, aprovechaba las vacaciones para instalarse en aquella infravivienda de la *rive gauche* parisina donde Miriam había encontrado acomodo, como moderna sucesora de las chicas españolas de posguerra que se alojaban en los últimos pisos, donde solo había una habitación, de los edificios en los que trabajaban como criadas (*bonnes*) de burgueses de medio pelo, pero estirados. Fue una experiencia apasionante entonces, cuando esas incomodidades en absoluto les afectaban ni les impedían disfrutar del mundo nuevo que la ciudad de la luz les ofrecía. Fue en esa época cuando prendió su atracción por la capital francesa y, muy posiblemente, el origen de un proceso que ahora estaba concluyendo con su traslado definitivo al país vecino para pasar allí los últimos años de si vida profesional.

Al terminar aquel curso, Miriam volvió de nuevo a España, pero ya había comprendido que debía buscarse otro hombre, pues Mario, del que no tenía ninguna objeción como persona, no parecía ofrecerle lo que ella demandaba, al menos con la pasión que ella esperaba. ¿Qué habría sido de ella?, se preguntaba en aquel instante. Hacía mucho tiempo que no la había vuelto a recordar, pero esperaba que le hubiera ido bien en la vida, pues no se merecía menos. Debería llamar algún día a Martín, con quien seguía teniendo contacto, aunque muy de tarde en tarde, y preguntarle por ella.

Cinco minutos más tarde, Dam volvió a sentarse, pidió otras cervezas y se disculpó. Mario protestó:

— No te preocupes, faltaría más. Ya me parece un tanto raro que alguien como tú, actor de éxito, muy conocido y seguido en redes, no tenga ningún compromiso una noche de sábado como esta, a punto de comenzar las fiestas de navidad y con la animación que hay en Madrid. Tengo una cierta sensación de haberte secuestrado.

—En realidad hoy tenía previsto asistir a una fiesta que daba un amigo. Creo que celebraba su cumpleaños, que fue hace un mes. Ya sabes que ahora da igual cuándo en realidad sea tu cumpleaños; se busca una fecha para celebrarlo, incluso, si se puede se hacen coincidir varias celebraciones en una, aunque sean de meses distintos y el tuyo fuera realmente hace tres, para ahorrar gastos o para que la fiesta sea más multitudinaria.

— Es cierto, sí. — Intervino Mario. —Ahora casi todo se celebra cuando cuadra mejor, no cuando toca. Hasta los funerales ya han dejado de celebrarse al día siguiente de la muerte; ahora se espera hasta meses a que familia y allegados no tengan otras obligaciones. — Y este último comentario lo acompañó con una sonrisa irónica que remató en una breve carcajada, a pesar de lo serio del asunto. Tras una breve pausa para beber, continuó, — ¿Y entonces? Decías que tenías una fiesta hoy, ¿por qué no has ido?

— Lo cierto es que he decidido no ir, porque, al enterarme de los asistentes, dejó de ser atractivo el plan. Hay unas cuantas personas con las que no me apetece encontrarme. Dejémoslo ahí. Puse cualquier excusa, que mañana tenía que viajar y levantarme muy pronto. No estoy seguro de que colara, pero tampoco me importa demasiado. Y esa es la razón por la que ahora estoy sin más planes, lo que me ha permitido estar hablando contigo, que, dicho sea de paso, me resulta mucho más interesante. Ahora me alegro aún más de no haber ido a esa fiesta.

Mario anotó mentalmente que ya era la segunda estocada que con claridad le había llegado al cuerpo. Que ese joven admirado por tantos, en internet y en el teatro, se le estuviera insinuando, o eso parecía, le descolocaba. Hacía ya mucho tiempo que se movía muy bien en estos lances del cortejo, porque, al fin y al cabo, la experiencia aquí es bastante más que un grado, pero lo que estaba ocurriendo en ese encuentro le tenía entre sorprendido y despistado. Una sensación de cosquilleo y placer le fue abarcando todo el cuerpo. Tuvo que corresponder al envite:

— Lo mismo siento yo, pero en mi caso tengo que agradecerte haberme sacado del aburrimiento, pues mis intenciones eran volver al hotel nada más salir y acostarme.

— Has dicho que no eres de Madrid, ¿de dónde eres? — Se interesó ahora Dam.

— En realidad, ni siquiera vivo en España. Estoy trabajando en Francia y de allí vengo ahora. Para pasar las fiestas con mi familia uso Madrid de escala, pues ellos viven en el norte. Otras veces me quedo más tiempo aquí; siempre es agradable visitar esta ciudad.

— ¡Vaya! — Dam abrió los ojos en un gesto de auténtica sorpresa. La alegría también quedaba patente en el tono de su pregunta —¿Y en esta escala has decidido precisamente ir a ver mi función?

— La verdad es que hacía mucho tiempo que tenía ganas de ver *El Patio*, había leído mucho sobre ella y siempre todo positivo, incluso en tus tuits, aunque nunca el protagonista de una obra es de fiar. — Y aquí rieron los dos. — Pero ya venía convencido de antes. Me gusta ir al teatro siempre que paso por Madrid. Lo que no suelo hacer es compartir cervezas después con los intérpretes de las obras que veo.

Ahora ya Mario se estaba gustando; se había despojado de la capa de ingenuidad ridícula con que había comenzado la conversación y circulaba en ese momento por caminos más a su medida. Sin mucho tiempo para pensar, sentía que ese muchacho le estaba gustando más de lo que esperaba. Ya no era la curiosidad de conocer y poner rostro, cuerpo y movimiento a una cuenta, a un perfil de una red social cualquiera, ahora era otra cosa que se desprendía del tono de voz, de la modulación de las frases, del trato educado y jovial que le estaba dando, lo que le atraía con más fuerza. Le habría encantado el contacto físico, un roce de los dedos de la mano, cualquier cosa por mínima que fuera, habría supuesto en ese momento un estallido de sensaciones que le dejaría a Mario vibrando por dentro. Pero no lo creyó oportuno. Dam, estaba claro, tenía mucho más que mostrar que un cuerpo y unas actuaciones en escenarios reales o virtuales.

El joven lanzó una tercera piedra en la charca de la autoestima de Mario, donde aún se movían las ondas provocadas por las dos anteriores:

— Me alegro de que esta vez hicieras una excepción. ¿Quieres compartir otra más? Yo tenía sed.— Y, sin esperar la respuesta de Mario, pidió con un gesto de la mano otras dos cervezas a su amiga, que las trajo casi antes de que Dam hubiera bajado el brazo.

Después le preguntó por su misión en Francia y Mario le contó someramente su trabajo como periodista, lo grato que le resultaba la tarea, muy poco estresante en comparación con las que había desarrollado en otras etapas de su vida, y sus intenciones de jubilarse allí dentro de ya no mucho tiempo.

— Bueno, no seas exagerado. Aún te quedan años, a no ser que hayas hecho un pacto con el diablo o con el cirujano y tu edad sea diez o doce años más que los que representas. — Dijo entre risas Dam. Mario se lo había puesto en bandeja para comprobar que el actor reaccionaría de la forma exacta en que lo hizo. No había fallado el tiro. Sin tiempo para recrearse en el cumplido, pues acaso le resultaba incómodo el eco que quedaba en el silencio, Mario replicó inmediatamente a su vez:

— Pero, en fin, háblame de ti, que eres el artista. Yo, al fin y al cabo, soy un espectador cualquiera y tú el protagonista en la obra. Y fuera de ella. —Añadió y después, con cierta sorna, por la referencia a lo que había hablado al principio, continuó, — eres el auténtico Dam, uno de los más influyentes en la red española de Twitter, el que tiene miles de seguidores y aumentando. Yo soy solo uno de esos miles.

— Sí, pero no te olvides que yo también te sigo a ti. En eso hay reciprocidad.

— Lo he visto, te he visto, pero no compares. Mis intervenciones no tienen nada que ver con las tuyas, ni en interés, ni en ingenio, ni en las reacciones que provocan en el medio.

Mario lo decía con sinceridad, pues así era, y sin ápice de envidia o recelo. Ya había quedado claro para qué usaban las redes cada uno de ellos y, al tener finalidades distintas, distintos eran por fuerza los resultados. Él nunca se había planteado ser un "tuitstar"; para él esto era tan solo una manera de comunicarse con un grupo más bien reducido de amigos y compañeros de profesión. Cierto era que se habían unido a ese grupo unos pocos desconocidos, Dam entre ellos, que por diversas razones les interesaba seguir lo que él publicaba, que no era mucho.

— Puede ser, — repuso Dam, — pero eso se explica porque, seguramente, tu vida es mucho más interesante que la mía. Cuando alguien tiene vida real que vivir, no se preocupa tanto de la virtual. De hecho, los políticos, hombres de negocios y muchos artistas tienen una figura contratada, los *community manager* o gestores de redes, para que vivan por ellos su vida virtual, necesaria para promocionarse, porque ellos tienen otras ocupaciones más reales. De momento, parece que a esta vida real le siguen dando más importancia, pues no la subcontratan, como sí hacen con la virtual, a otros gestores; podemos estar tranquilos.

— No me creo que tu vida no sea interesante. Actor, joven, viajero, y según cuentas en tus historias, con muchas experiencias, círculos de amigos y aventuras, que poca gente de tu edad puede mostrar en su tarjeta de presentación.

— Ya te he dicho antes que muchas de esas cosas están, digamos, adaptadas. En realidad, la vida de un actor no es tan colorida como se cree la gente.

— Todas las biografías son una historia apasionante en potencia.

Solo hay que saber contarla.— Sentenció Mario.

Y en ese momento recordó, como ya había hecho al comenzar a ver la obra de teatro, la cantidad de vidas que se contaban actualmente en todo tipo de formatos, con desigual fortuna artística, pero casi siempre con éxito envidiable. Indicaba quizás eso que nos estábamos volviendo una sociedad cotilla, un gran patio de vecinos, con más porteras que inquilinos, solo interesadas en la vida de los otros, mientras arrumbábamos en algún rincón de la historia las narraciones de ficción que un tiempo atrás solían salir de la imaginación de los creadores de antaño.

Habían terminado ya las terceras cervezas. Dudaron de si pedir otra más o salir a continuar la charla en otro local, pero finalmente consideraron que en aquel sitio se estaba muy cómodo y que no merecía la pena arriesgarse a salir al frío para encontrar dónde seguir hablando. No parecían tener prisa ninguno de los dos. Dam le contó a Mario que al día siguiente harían la última función antes de las fiestas de Navidad y que al siguiente tenía previsto viajar hasta Valencia para reunirse con su familia. Ya había comprado los regalos que pensaba llevar, así que no tenía pensado madrugar, ni hacer nada especial hasta la hora del teatro. Tampoco le apetecía mucho salir a la calle, pues esos días todo estaba imposible. Así que, no tenía prisa por ir a dormir. Además, vivía relativamente cerca de allí, compartía piso con dos amigas, y no le llevaba más allá de un cuarto de hora andando. Mario, por su parte, sí quería aprovechar la mañana, pero le mintió diciéndole que apenas dormía cinco horas cada noche, aunque después solía completarlo con una siesta, y que, por tanto, quedarse un rato más no le impediría levantarse al día siguiente incluso antes de que abrieran las tiendas. En realidad, sabía que le costaría empezar al día temprano, si trasnochaba un poco, pero el deseo de estar un rato más con Dam compensaba cualquier sacrificio que pudiera imaginar en ese momento.

Pidieron otras dos cervezas y continuaron la charla casi una hora más. Los temas de conversación bascularon hacia la política y los momentos convulsos que debido a la falta de entendimiento entre las distintas administraciones atravesaba el país desde hacía ya unos años. La mayoría de las discusiones por las que Dam se había hecho célebre en la red era de tipo político, pues era un hombre comprometido y muy beligerante a la hora de defender las ideas, que él encontraba casi indiscutibles. Hay que decir, que nunca salía del guion marcado de buenas maneras, educación y ausencia de mal rollo. Ya había quedado claro en la conversación que ese no era, ni debía ser su estilo. Pero este hecho no impedía que a veces algunas publicaciones obtenían un sin número de respuestas y reacciones que se alargaban durante dos o tres días, algo inaudito en una red en la que cinco minutos después de haber escrito algo ya ha pasado de moda. Comentar las intervenciones y polémicas más celebradas les llevó por senderos que pasaban de lo serio a lo divertido, las más de las veces por grotesco, con una rapidez fabulosa.

Terminada la bebida, a Mario le pareció que no debía prolongar más el encuentro, pues tenía la sensación de estar ocupando una casilla en esa noche que no le correspondía. Le propuso a Dam:

— Creo que ahora ya es buen momento para retirarme. Me ha encantado conocerte.— Y con rapidez apostilló. — Más de lo que te conocía, que era bastante.

— Lo mismo digo; ha sido un placer. Lástima que vivas tan lejos; si estuvieras en Madrid, podríamos vernos de vez en cuando, tomar unas tapas y charlar de cualquier cosa.

Mario, después de haber estado durante buena parte del encuentro rumiándola en su cabeza, le lanzó la proposición sin pensarlo:

— Si quieres, podemos quedar mañana. Quiero decir, si no tienes planes. Yo estaré todavía aquí y podemos vernos otro rato.— Apenas lo hubo dicho le pareció haber actuado como un adolescente. Quedaba claro que tenía interés en él ya no solo por lo profesional o lo anecdótico de las redes. En todo caso, pensó, no había nada de malo en proponerle una cita para el día siguiente.

Dam no lo pensó, se levantó de la silla y, como quien no le da importancia, mientras se ponía la bufanda y la cazadora, contestó con una pregunta:

— ¿Quieres que cenemos juntos? Después de la función podríamos quedar en algún restaurante. Luego ya, la noche dirá.

Dos y veinte de la madrugada

Antes de desnudarse para meterse en la cama, dejó el móvil encima de la mesita. Fue entonces cuando se acordó del mensaje de Nuria. Ni siquiera lo había vuelto a encender desde que salió del teatro. Esto le recordó otro momento lejano, cuando tenía unos dieciséis años, en que le habían presentado a una chica, con la que acabaría saliendo durante algo más de un año, y durante cuatro horas que había estado hablando con ella se mantuvo sin fumar un solo cigarrillo. En esa época, Mario había empezado a fumar y ya solía consumir una cajetilla diaria, por lo que aquel hecho le pareció casi milagroso. Ella le había dicho, al hacerle notar él que se había olvidado del tabaco por su culpa, que posiblemente era porque encontraba en ella una droga más dura o adictiva. A Mario le pareció divertida, pero con un punto de verdad, esa observación.

Ahora se daba cuenta de que quizá también esto era una señal de que aquel joven actor, como una potente droga de diseño, se había colado entre los pliegues de su deseo de tal manera que le había hecho olvidar el cordón que le unía al resto del mundo, pues eso era su teléfono, como lo era para la mayoría de los individuos de esa sociedad que ya no se conducía como la de hacía unos pocos años. Lo cierto es que no sintió en ningún momento necesidad alguna de saber lo que pasaba más allá de aquella mesa de aquel bar de Madrid, donde, durante unas horas, había estado intercambiando información y sensaciones con aquel chico. ¿Se estaría enamorando? La sola idea le causó una mezcla de inquietud, vértigo e ilusión, que no sabía cómo gestionar. Hacía mucho tiempo que no se había enamorado o, al menos, eso creía él. Y cada vez sentía más pereza con la sola idea de comenzar una nueva relación, pues pensaba que, con los años, se va acumulando un bagaje que, ante un proyecto de unión sentimental, había que poner en común, había que exponer, ir mostrando a la otra persona hasta que se convirtiera en un todo compartido dentro de esa relación. A Mario desempaquetar todo aquello le provocaba mucho cansancio, si no era con unas esperanzas fundadas de llegar a buen puerto. Y ya se había vuelto demasiado escéptico en ese terreno.

Había tenido varias relaciones en su vida. Sin contar las mujeres, cuyas historias eran más fruto de la necesidad de engañarse a sí mismo y, de paso, mostrar ante los demás una "normalidad" que desde muy joven sabía inexistente, había tenido dos novios que se podían considerar en serio. El primero había sido Juan Francisco, Juanfran, al que consideraba que había sido el amor de su vida. Se habían conocido cuando ambos tenían veinticuatro años y para Mario había supuesto la ruptura definitiva de ese velo con el que aparecía ante el mundo. Hasta ese momento algún otro chico había pasado fugazmente por su vida, o mejor, por su cama, sin dejar más huella que una cierta sensación de culpa y la tristeza de creer que nunca podría llevar una vida plena. En aquella España aún no eran tan visibles las relaciones del mismo sexo. En todo caso Mario no tenía referentes, no conocía a nadie que viviera de manera estable con su pareja. En la Universidad tuvo amores furtivos, la mayoría nacidos en ambientes sórdidos, condenados a durar la brevedad de un instante apasionado, pero nunca había dado con nadie que asumiera su condición con más naturalidad de la que él siquiera imaginaba. Hasta que apareció Juanfran.

Entonces no tuvo dudas, porque supo que ese era el hombre con quien quería compartir el resto de su vida. Aunque, paso a paso y con sumo cuidado, fue anunciando en su círculo de amigos su nueva situación. A muy pocos les extrañó, lo cual le hizo aprender para siempre que demasiado a menudo solemos ponernos en lo peor y estaba claro que casi siempre era más probable que ocurriera lo mejor. Pasado más tiempo presentó a su novio también a su hermana Ana a la vez que hablaba con ella por primera vez de su orientación sexual. Como la mayoría de los amigos, Ana se limitó a exclamar un "¡al fin!", que indicaba lo mucho que se alegraba porque su hermano hubiera roto sus miedos definitivamente. Ella misma le aconsejó no extender más la noticia en el ámbito familiar, pues sus hermanos eran de otra pasta, quizá por ser también de otra época.

La historia de Mario y Juanfran duró nueve años, de los cuales ocho hicieron vida de auténtico matrimonio. Aunque llevaban vidas relativamente independientes por sus distintas profesiones —Juanfran era médico—, en lo básico compartieron durante esos años intereses, inquietudes, viajes, experiencias, sinsabores y mucha felicidad. El fin llegó cuando el uso acabó desgastando la pasión. En los últimos años ambos habían comenzado a tener escarceos con otras personas, que, si bien en principio, no suponían ningún problema para su relación, iban minando con desencuentros, celos y más discusiones de lo habitual la convivencia. Nunca habían dejado de desearse el uno al otro, pero comprendieron que estaban encerrados en una burbuja en la que se estaban perdiendo otra vida que había también ahí fuera.

Por eso ensayaron otras experiencias. Hicieron oficial algunas de las cuestiones que vivían ocultas, centrándose tan solo en el orden sexual. Buscaron, y no les costó tiempo ni trabajo encontrar, tríos en los que divertirse juntos y, aunque en las primeras ocasiones surgieron celos y rencillas debidos a la novedad y falta de práctica, que no les dejaba entender que entrega sexual no tenía por qué equivaler a pasión amorosa, enseguida encaminaron adecuadamente estos encuentros de modo que acabaron deslindando sin problemas el amor y el sexo. De ahí pasaron a grupos en los que no solo pudieron experimentar su sexualidad desde perspectivas antes ni siquiera intuidas, sino que también ello les permitió conocer a gentes de lo más variado y con gustos y aficiones propias de un catálogo de cómic alternativo. Durante un tiempo esto aportó oxígeno a la relación y siguió funcionando, si bien a Mario esas nuevas actividades le habían despertado la curiosidad de tal forma que ya no se veía de la misma manera respetando una monogamia como la que había practicado, aun siendo esta ya solo amorosa.

Se dieron un tiempo. Y, como suele ocurrir en estos casos, en ese tiempo aparecieron otros hombres que, si bien no le hicieron renunciar para siempre a Juanfran, sí aportaron visiones nuevas sobre la vida y los compromisos que le empujarían de manera lenta, pero firme, a no desear volver a la misma senda por la que llevaban ya tanto tiempo transitando juntos.

En esa época fue cuando Mario conoció a Nuria, con quien se había entendido a la perfección desde la primera conversación que tuvieron. Ella fue quien le aconsejó, sin forzarle nunca, en los muchos momentos que tenía de cavilaciones sobre qué decisión última tomar. Ella fue quien le animó a volver con él de nuevo. Y finalmente volvieron juntos. Pero la relación ya parecía estar herida de gravedad. El hecho de no verse demasiado, por las obligaciones profesionales de ambos, hizo que, en principio, se entendieran bien y que tácitamente acordaran pasar por alto las distintas aventuras que ambos tuvieran fuera del hogar conyugal, siempre que no se alargaran en el tiempo ni se produjeran cuando estaban juntos los dos en Madrid.

En uno de esos encuentros extramatrimoniales, conoció Mario a Rafa. Rafael era un chico mucho más joven, y su vitalidad, ingenuidad, alegría y desenfado le dejó tocado en el primer asalto. Juanfran no estaba en esos meses en España, pues tenía una especie de experimento de intercambio con otros hospitales de Estados Unidos y Canadá. Cuando regresó después del verano, se encontró a un Mario más distante y pendiente de cualquier excusa para desaparecer. Aunque nunca le reprochó nada, Mario finalmente le confesó que se estaba viendo con un chico, que seguía queriéndole, pero que no podía desengancharse de aquel chaval que acababa de cumplir los veinte años.

Al principio le había parecido un capricho, pero llevaban ya tres meses viéndose y ya no podía disimular más. Se dieron un tiempo, otra vez. Si había funcionado otras veces, ¿por qué ahora iba a ser distinto?

Y ese tiempo Mario lo aprovecho metiéndose de lleno en una relación apasionada y muy absorbente que apenas le dejaba momentos del día libre. Nunca se planteó oficializarla, de alguna manera, pues Rafa era demasiado joven, estaba empezando su carrera en la Universidad y seguía dependiendo de sus padres. Era este un chico relativamente tímido y muy atractivo; tanto que se sentía incluso acomplejado por ello. Desde siempre había tenido problemas por la cantidad de enamoradas que le salían, a las que invariablemente dejaba con tres palmos de narices cuando se le insinuaban o directamente se le entregaban rendidas. Rafa llegó a sentir ataques de pánico y a evitar entrar solo a algún local de ocio, pues sistemáticamente la mitad o más de las miradas del local lo seguían durante un buen rato, lo que le causaba una profunda desazón.

Cuando conoció a Mario tenía una relación con otro chico de su edad y no les iba mal, pero a Rafa le atraían mucho más los hombres más hechos. Mario recordaba de manera especial el primer día que se encontraron. Era una fiesta bastante multitudinaria en la que se mezclaban gentes de toda edad y condición. Hacia la mitad de la noche, Mario y Rafa se cruzaron en la puerta del baño, uno entraba y otro salía, se miraron fijamente y Mario, que ya había bebido algo más de lo habitual y estaba, por tanto, muy desinhibido, le pasó el brazo por la cintura y le dijo al oído:

— No te voy a decir que eres muy guapo, porque lo eres y estoy seguro de que te lo llevan diciendo varias veces al día desde que tienes uso de razón. Así que solo te diré que no tengo problema en esperarte hasta dentro de treinta años, cuando tu belleza no sea tal y puedas estar seguro de que mi interés es auténtico.

Rafa se quedó de una pieza, pues no entendió si lo que decía era halago, insulto, broma o simplemente le estaba tomando el pelo. Entonces Mario quiso escribirle un número de teléfono en la mano, pero Rafa, cuya tasa de alcohol en el cuerpo también era ya considerable, se lanzó a besar sus labios como si eso fuera lo último que iba a hacer en la vida. Aquel beso fue el comienzo de una noche que solo terminó a las doce del mediodía del día siguiente, cuando Rafa se despidió de Mario en la puerta de la casa que compartía con Juanfran para correr al encuentro de su novio.

Esa misma noche volvieron a verse. Y ya no hubo nadie que se interpusiera entre ellos en el pensamiento de Rafa, pues esa tarde le había contado a su chico lo que había pasado la noche anterior. Habían estado llorando juntos antes de separarse para siempre, pero Rafa le contó esa noche a Mario que no tenía la culpa de la fuerza arrolladora que le empujaba hacia él, aunque sabía que le estaba haciendo un daño inmenso a quien había sido su novio desde hacía ya varios años, a pesar de su juventud.

No duró mucho aquella historia en común, pero sí mantuvo siempre una intensidad alta. Ellos dos eran como dos líneas paralelas que no iban a poder encontrarse nunca, debido a las muchas diferencias que les separaban. Solo la pasión carnal les mantuvo soldados el uno al otro mientras aquello duró, pues en lo demás apenas había puntos de confluencia. La considerable diferencia de edad y distintas ambiciones que cada uno de ellos tenía hacía que apenas compartieran intereses ni gustos, de forma tal, que Mario no recordaba haber asistido a ninguna sala de cine o teatro, actividades que siempre le habían encantado, junto a quien entonces consideraba su novio. Además, notaba desde el principio que el compromiso en la relación no era del todo recíproco, ya que para Mario nunca hubo un claro propósito de futuro en común, tan solo vivió aquel tiempo aprovechando el presente, que, sin duda alguna, disfrutó. No hubo roces serios, ni desencuentros traumáticos, pero pronto decidió que aquella historia debía terminar al no ver él signos de que acabara de arrancar del todo. Y aún era pronto para que pudiera causarse un daño irreparable si se producía una ruptura tan temprana. Aun así, Mario sintió una cierta carga de culpabilidad al pensar que se había aprovechado de su juventud y su belleza sin haberle dado a cambio nada de lo que el otro le demandaba.

Apenas dos años después, cuando Mario y Juanfran ya se habían separado y cortado cualquier contacto, Mario también abandonó a Rafa. No había vuelto a saber de él.

Mario reflexionaba ahora sobre si se habría enamorado alguna otra vez como lo hizo con esos dos hombres. No había vuelto a sentir ya más ese hierro ardiente que se clava en el costado y que te vuelve un poco del revés, a pesar de que habían transcurrido ya quince años y ocasiones no le habían faltado. Hasta esa noche.

Decidió que era muy tarde para devolver el mensaje a Nuria y mucho más para llamarla, así que dejó el teléfono al lado de la cama e intentó dormirse. Era mucho más tarde de lo que había previsto, pero tenía que levantarse temprano igualmente, si quería aprovechar la mañana. Pensaba pasar por dos librerías para hacer acopio de libros que tenía en su lista de lectura y por alguna tienda de ropa para comprar cualquier cosa a su hermana y sus sobrinos. No era mucho, pero, si salía un poco tarde, todo estaría ya abarrotado.

En principio, no tenía del todo decidido cuándo salir rumbo a su tierra; no le había concretado nada a su hermana. Su idea era salir al día siguiente por la tarde o dos días después por la mañana temprano. Ahora ya era obligado retrasar al máximo la partida. La cita con Dam era uno de los mejores regalos de Navidad que hubiera podido imaginar unos días antes. Aún le parecía fruto de una fantasía virtual, como aquellas que el propio Dam se inventaba para goce y disfrute de sus miles de seguidores. No descartaba verse algún día reflejado como protagonista de alguno de esos hilos en los que Dam contara esa historia como un renovado cuento de navidad.

Pensando en cómo se desarrollaría la cena del día siguiente, la conversación y los momentos posteriores, que, puestos a imaginar, prometían un tórrido final en medio de la gélida noche del diciembre madrileño, Mario se abandonó lentamente en los brazos del sueño que, tras un largo día de sensaciones, necesitaba como el aire.

Segundo día
Guillermo

Seis menos diez de la tarde

Llegó al teatro algo más de una hora antes de la representación. Era el último día en que interpretaban *El Patio* antes del descanso por los días de navidad, que, aunque disponían de tan solo cuatro, eran suficientes para desconectar y encontrarse con sus familias. Guillermo hacía tres meses que no veía a su hermano, el único de la familia directa con quién mantenía relación. De su padre no sabía nada desde el verano y no habían sido buenas noticias, pues seguía gastándose el poco dinero que había ahorrado durante toda su vida en alguna isla canaria, donde vivía con una joven que lo era aún más que su hijo pequeño, Miguel, quien acababa de cumplir los treinta y cinco y era el único hermano que tenía Guillermo, dos años mayor que él. Pasarían juntos esos días próximos en la antigua vivienda familiar, que era donde actualmente vivía solo, pues la última novia que había tenido se fue tras una historia de cuernos sobre la que Miguel nunca había sido claro.

Luisa Soto ya estaba en los camerinos. Generalmente llegaba bastante antes, ya que, además de que le gustaba prepararse con calma para estar relajada en el momento en que se abriera el telón, su trabajo de maquillaje era mucho más intenso. La tenían que avejentar unos años y peinar cuidadosamente para representar creíblemente a una enferma, recluida en una especie de sanatorio (nunca se decía exactamente el lugar en que se desarrollaba la acción), aunque con una rancia dignidad. Cuando llegó su compañero, ella ya estaba peinada, pero aún debían maquillarla, labor en la que se afanaba en ese momento el sustituto de Marga, la maquilladora de la compañía, que esos días estaba algo enferma.

— ¿Qué tal el día? ¿Trasnochaste ayer?

— Sobre las dos de la mañana llegué a casa. No estoy seguro de si a eso se le puede llamar trasnochar,— informó Guillermo. —Teniendo en cuenta que hoy es domingo, creo que esa hora entra dentro de lo legal en una vida ordenada en este país.— Luisa esbozó una breve sonrisa sin dejar de mirar al espejo y, con un gesto le indicaba que siguiera contando. — Estuve todo el tiempo charlando con aquel hombre que me esperaba a la puerta. ¿Te acuerdas de él?

— Pues claro; me felicitó llamándome vieja, pero era tan tremendamente atractivo que no se lo pude tener en cuenta. A punto estuve de no poder contenerme y proponerle un pase privado de la obra en el salón de mi casa.

Guillermo sonreía y le daba la razón con la cabeza. Se levantó y comenzó a recoger algunas cosas que estaban repartidas por la habitación con intención de meterlas en alguna caja o algo parecido. Quería llevárselo tras terminar la función de hoy y no estaba dispuesto a perder tiempo tras la obra, pues apenas lo tendría después para dejarlo todo en casa y salir pitando para el restaurante. Al menos, eso sí, había reservado en la misma calle donde vivía.

Mientras recorría el camerino recogiendo libros, alguna prenda de ropa, un cargador de móvil, cuadernos, unas gafas de sol y algún regalo sin importancia en forma de figurita, estuche u objeto de latón, retomó el relato con Luisa.

— Te dije ayer que ya te explicaría la sorpresa que os di a todos con la tontería de salir al vestíbulo a charlar con nuestros espectadores. La verdad es que tengo que agradecerte que me siguieras el rollo y que no te enfadaras. Yo, en tu lugar, no sé si me lo hubiera tomado así; no me gustan nada este tipo de sorpresas.

— ¡Anda! ¿Y qué iba a hacer? — Contestó, divertida su compañera. — ¡Como si hubiera podido reaccionar de otra manera! No me molestó en absoluto, pero podías habernos avisado antes de empezar de que te sentías tan generoso. Los conserjes, me temo que no se lo tomaron tan bien. Con tu idea improvisada llegaron a casa un cuarto de hora más tarde, como poco.

— Eso tampoco es cierto, Luisa. Muchas veces nos retrasamos bastante más cambiándonos de ropa y discutiendo algún aspecto de lo que pasó en escena. No fue ayer el día que más tarde se fueron.

— Vale, tienes razón.— aceptó su compañera. — Pero, venga esa explicación. Ardo en deseos de saber.

— No te lo vas a creer, porque suena a película, pero no podía dejar pasar la oportunidad. Te acuerdas del hombre ese del que hablábamos, ¿no?, el buenorro.— Ella asentía con la mano, pues no convenía mover la cabeza mientras la maquillaban. — Yo ya lo conocía. Bueno, en realidad, no. No lo conocía en persona, pero sí de las redes, en internet.

— De alguna aplicación de esas de citas, supongo.— Intervino ella.

— No. Más peliculero aún. De algún enlace, página, blog. En realidad, lo encontré en Twitter. No es esa una red social que sirva para hacer amigos, y en realidad, nosotros no nos hicimos amigos ahí. Bueno, creo que me estoy liando. Resumiendo: lo conocí en Twitter, comencé a seguirlo, sus intervenciones me llevaron a otros lugares de la red, donde pude indagar más sobre quién era. Hace unas semanas me enteré de que iba a venir a vernos y, cuando ayer le vi en el patio de butacas, no pude dejar pasar la oportunidad. No me lo hubiera perdonado.

— ¿Me estás diciendo que montaste ese paripé solo para poder hablar con este hombre?— Preguntó alarmada Luisa. — ¿Y si hubiera salido directamente para casa o dondequiera que fuera sin pararse a felicitarnos?

— En ese caso hubiéramos quedado muy bien, muy cercanos y afables con el resto del público. Seríamos artistas enrollados; y eso también está bien. De todas formas, me daba en la nariz que él también quería conocerme.

La primera vez que había tenido noticia de la existencia de Mario había sido un tórrido fin de semana de agosto en el que no se había atrevido a salir a la calle para no separarse del aire acondicionado que disfrutaba en su piso de Madrid. En el aburrimiento de la canícula se le había ocurrido elaborar y publicar alguna otra historieta a golpe de tuits, de esas que, a esas alturas, ya le habían hecho muy célebre en la red.

A Guillermo se le habían dado muy bien siempre las redes sociales, porque a la inventiva que tenía para imaginar situaciones e hilvanar historias se unía la gracia que le habían alabado unánimemente desde que era niño y el desparpajo que tanto gustaba a sus amigos. Además, no era especialmente pudoroso y no se lo pensaba dos veces a la hora de hacer públicas fotos propias y ajenas, casi siempre divertidas, para compartir esos momentos con todos sus seguidores. Al principio habían sido solo amigos, conocidos y familiares, pero enseguida sus seguidores se fueron multiplicando exponencialmente, de modo que en aquellos momentos se había convertido en uno de los jóvenes más seguidos, más leídos y, por tanto, más influyentes de las redes sociales en las que intervenía. Su especialidad era Twitter.

Ahí había empezado con algún comentario a vuelapluma sobre noticias de actualidad. De esos comentarios había pasado a reflexiones políticas y artísticas. Más tarde, cuando el tema y el contexto le empujaba a ello, había comenzado con llamadas a la indignación por situaciones que él consideraba especialmente injustas. Entre medias, había descubierto una técnica que le permitía desarrollar su vocación, tantas veces frustrada desde que comenzó a leer regularmente con unos doce años. Vio que empezaban a ponerse de moda lo que llamaron "hilos", medio que, en una plataforma como aquella, en la que el número de palabras había de ser, por fuerza, muy escaso, venía muy bien para, enlazando mensajes, poder componer una pequeña historia en la que hubiera una mínima trama. Los primeros que escribió eran historias ficticias, enmarcadas en lo que él decía que eran sueños o deseos largamente acariciados, pero enseguida se dio cuenta de que gustaban y que el número de seguidores que leían sus mensajes aumentaba muy rápidamente. Entonces pasó a contar historias reales, que le habían pasado a él o a su familia; comenzó a contar por este medio retazos de su vida. Todo esto a la vez que iba perfeccionando la técnica narrativa y gráfica, pues el acompañamiento de imágenes, estáticas o en movimiento, era también propio de este género y casi una obligación para que la lectura se hiciera más ligera.

Una de estas historias contaba cómo había crecido en él desde muy joven una obsesión terrorífica por una famosa ruina romana como consecuencia de haber leído una novelita que había encontrado por casa, olvidada con otras que quizás esperaban el fuego purificador, pues ninguna tenía visos de una mínima calidad literaria. Se pasó toda la tarde del viernes y la mañana del sábado ideando las "micro partes" de la historia, buscando imágenes *ad hoc* que casaran bien con los distintos mensajes y sus informaciones. Finalmente, en la hora de la siesta de aquel sábado infernal del verano matritense fue publicando la historia, operación que le ocupó algo más de dos horas.

Como era ya habitual, enseguida empezaron a aparecer en su perfil los comentarios, las felicitaciones, las historias similares en formato mucho más reducido, los mensajes de amor, que en los casos más encendidos se transformaban directamente en peticiones matrimoniales, la mayoría en broma, pero muchas, lo sabía bien, pretendidamente en serio. Guillermo ya tenía oficio y leía todas estas reacciones con tal rapidez que parecía imposible que se enterara de algo, pero las tablas, como en todo, le habían enseñado a saber prestar atención a aquello que de verdad mereciera la pena.

Antes de irse a acostar, después de haber salido con dos amigos a la noche veraniega y haber llegado con un poco más de alcohol en el cuerpo de lo que el calor le habría aconsejado para poder dormir algo decentemente, revisó su móvil y, de una rápida pasada, consultó las nuevas notificaciones que había recibido, que se acercaban a la centena. Y entonces fue cuando, en un mensaje de la larga serie de ellos que iba pasando a velocidad de vértigo, leyó el título de aquella novela que tanto terror le había causado. Paró ahí la revisión en seco. Hubiera jurado que de aquel libro solo se había imprimido un ejemplar, el que él había encontrado en su casa cuando era niño. ¿Cómo era posible que alguien más conociera también aquella historia, que apenas recordaba, pero que, sin duda, no tendría más interés que muchas de las redacciones que él mismo había escrito para el colegio tres o cuatro años más tarde?

¡Alguien había leído también aquello! ¿Quién?

Y allí estaba ese hombre. Un periodista, según decía su perfil, de unos cuarenta años, calculaba, que a Guillermo le pareció muy guapo. Tanto que pensó que la foto no era real, pues le recordaba vagamente a un actor americano de la época dorada de Hollywood. La única diferencia con aquellos galanes era que esta foto estaba en color. No sabía si era el efecto del alcohol, el calor que entraba por la ventana abierta o simplemente la noche, pero el caso es que no pudo dejar de revisar todo lo que aquel hombre, que según la biografía de su cuenta se llamaba Mario, había publicado para propios y extraños. Entre los mensajes y enlaces a otros tuits, que era lo que más tenía, había también muchos enlaces directos a artículos de prensa de varios periódicos, fundamentalmente en español, pero también en inglés y, más aún, en francés. Esa noche no leyó ninguno; no tenía la mente para adentrarse en tales profundidades. Le bastó con curiosear las fotos, no muchas, que había subido a su cuenta, en las que, como era lógico, pensó entonces Guillermo, aparecía él mayoritariamente. Verdaderamente era un hombre muy atractivo: Moreno de piel, pelo negro, si bien en alguna foto aparecían tonos grises, aunque escasos, ojos verdes claros, labios carnosos perfectamente esculpidos y una barba muy leve que le oscurecía apenas la cara, dándole un encanto aún mayor. Por supuesto, comenzó a seguirle en la red desde ese momento.

Luisa estaba ya dispuesta para la actuación. Con su maquillaje y peluquería bien aplicados, se recostó en un pequeño sofá que había en el rincón más apartado del camerino, semicubierto por un biombo. No quedaba ya mucho para las siete, pero aún le daba tiempo para relajarse unos minutos, como tenía por costumbre cada día justo antes de salir a escena.

— Eres un estratega de los que ya no quedan en el mundo,— bromeó con su compañero. — Te lo has currado pero que muy mucho. No puedo creer que tuvieras toda la operación en mente y no me hubieras avanzado nada.

— De hecho, tenía varias operaciones en mente, para serte sincero. Un buen estratega no puede quedarse solo en una opción. De todos modos, no tenía la seguridad plena de que asistiera a la función de ayer. Que hubiera comprado la entrada y le hiciera mucha ilusión vernos, cosas que sí sabía con certeza, no llevaba aparejado que obligatoriamente fuera a cumplir sus deseos. Ayer mismo le hacía aún en Francia.

— Le tenías bien marcado.— exclamó con cierta preocupación Luisa.

— Digamos que lo seguía diariamente a través de sus publicaciones en redes. No es nada obsesivo, todos lo hacemos.

— ¡Yo no lo hago!

— Tú no tienes perfil en redes, no formas parte de este mundo.— Se burló Guillermo.

— Mi reino no es de este mundo. Eso ya lo sé.— La actriz cerró los ojos y continuó con cierta sorna. — Estarás bien descansado hoy, después de la noche de ayer, espero. No me creo que no te lo llevaras a la cama. ¡Que nos conocemos!

Él se limitó a reírse brevemente y dejó la habitación en silencio en esos pocos minutos, sagrados para la concentración.

Se había despertado tarde aquel domingo, pero no por haber trasnochado más de la cuenta. Efectivamente estaba en su cama antes de las dos y media de la madrugada, nada extraño tratándose de un sábado. De haber aceptado ir a aquella fiesta con su amigo Javier, seguro que les hubieran dado las seis de la mañana en algún local infame. Pero Guillermo era de buen dormir y alargó el sueño todo lo que pudo, que no fue tanto como le hubiera gustado, pues a las diez de la mañana, a pesar de intentar conciliar el sueño de nuevo, ya no pudo dormir más con la mente toda ocupada, como estaba, por Mario.

Se levantó y se detuvo un buen rato poniendo al día sus cuentas en la red. Tenía bien asumido que era una especie de estrella virtual y sus seguidores, sus fans, le exigían actividad diaria, aunque no siempre fuera igual de interesante. Contestó a varios mensajes de otros *tuitstar*, participó en un par de polémicas sobre una película que acababa de estrenarse y que no acababa de convencer a todos los cinéfilos por igual, manifestó su aceptación por varias fotos que algunos espectadores habían subido de actuaciones de él esa semana y recomendó las publicaciones de todos los que alababan *El Patio* y a los actores en su representación de esos días en Madrid.

Sin ni siquiera ducharse, salió a la calle para comprar pan y leche, pero, sobre todo, para reservar en el restaurante que acababan de abrir en su misma calle tres manzanas más allá. No había ido nunca, pero tenía muchas ganas, pues había oído maravillas tanto de la calidad de la comida como del ambiente del local. Había encontrado la ocasión propicia. Estaba dispuesto a sorprender a aquel hombre con el que había fantaseado tanto tiempo sin sospechar que algún día pudiera conocerlo en persona. Dejó hecha la reserva para las diez, hora más que adecuada para poder llegar, incluso después de haber tomado un aperitivo de camino en cualquier otro bar, si la ocasión lo requería, pues contaba con salir del teatro no más tarde de las nueve.

Antes de comer quiso cumplir con su ritual en el gimnasio. Pocos días pasaban sin que se machacara durante dos o tres horas entre máquinas, pesas, bancos y músculos. Para él esto ya formaba parte de sus rutinas como el comer a mediodía o lavarse los dientes antes de acostarse. Había comenzado a practicar ejercicio hacía ya más de quince años, casi desde el momento en que llegó a la capital, en principio por una falta de autoestima en lo físico que le jugaba malas pasadas, especialmente cuando empezó a participar en grupos de teatro aficionados donde le parecía que no resistiría la comparación con la mayoría de los demás actores en definición corporal. Lo cierto es que a casi nadie le pareció nunca que su cuerpo tuviera alguna carencia, pero él estaba convencido de que siendo un tirillas no llegaría a despuntar en la interpretación, afición que le ocupaba tres cuartas partes de su cerebro; eso como mínimo.

Había llegado a Madrid un mes de agosto de hacía ya dieciocho años. Venía dispuesto a buscar piso en las semanas anteriores al comienzo del nuevo curso, pues se había matriculado en la Universidad para empezar la carrera de Derecho. No venía solo. Con él llegaba desde su ciudad, donde se habían conocido ya en los primeros años del instituto, el chico que por entonces era su novio. Habían oficializado la situación en el último año de instituto, cuando ambos cumplieron dieciocho años. Pensaban que, siendo mayores de edad, ya nada podía interponerse entre ellos y todas las personas que tenían a su alrededor tendrían que aceptarles como una pareja más. Ningún problema hubo entre sus amigos, pero sus familias no reaccionaron de la misma manera. Antes de trasladarse a Madrid se veían todos los días y todo lo planeaban juntos, pero ni vivían en la misma casa, pues cada uno seguía haciéndolo en casa de sus respectivas familias, ni pasaban todas las noches juntos. Su traslado a la capital había supuesto un paso importante, pues, a pesar de su juventud, tenían claro que el resto de su vida lo pasarían unidos, porque su amor era eterno. Y lo era, mientras duró. Que no llegó a dos años.

Encontraron piso, el mismo en donde aún vivía ahora Guillermo. No lo había ocupado de continuo desde entonces, claro, pues además de algunas giras por el país con las dos compañías profesionales de teatro en las que había trabajado, estuvo un año entero viviendo con su amiga Ester en Dublín, el curso que a ella le concedieron un *erasmus*, casi a punto de terminar su carrera. Ella, que estaba estudiando en la misma universidad donde él había comenzado Derecho, pues un año antes que su amigo se había instalado en Madrid, desde donde le había estado tentando el curso entero con coloridos cantos de sirena para que se uniera a ella en aquella ciudad de tantas oportunidades, le propuso este plan a su amigo, cuando él ya había dejado los estudios y se ganaba la vida trabajando en empleos que le duraban tres meses, cuando más, casi siempre en bares o restaurantes, aunque el que más se alargó fue uno en una empresa de atención al cliente. Guillermo no se lo pensó dos veces: se iría con su amiga a Irlanda, porque, total, para los trabajos que encontraba en Madrid, lo mismo podía desempeñarlos en aquella isla. Y, de paso, practicaría y mejoraría su inglés, cosa que, ciertamente, hizo, pues vino hablando el idioma con un muy buen nivel, que le abriría más puertas en el futuro. Fue por aquel entonces cuando descubrió el filón de las redes sociales.

Salir de España le sentó como un bálsamo que necesitaba con urgencia. Hacía unos meses que su chico le había abandonado por un hombre maduro sin apenas explicación.

— Me he enamorado de otro. Lo siento, no puedo decírtelo de otro modo. Yo no lo busqué, me llegó sin avisar y no puedo evitar este sentimiento que tengo. No me parece justo seguir contigo, porque te estaría engañando y te quiero demasiado para hacerte eso. Perdóname.

Se lo dijo sereno, pero, a pesar de que a todas luces lo había ensayado varias veces, al final no pudo reprimir el llanto y se derrumbó. Guillermo no reaccionó, se quedó mudo, mirándole fijamente llorar, sin ni siquiera acercarse a él a consolarle. Aún hoy no sabía lo que había sentido en aquel momento, si es que sintió algo, porque, a veces, pensaba que le había causado el efecto de una suerte de anestesia brutal que lo paralizó por dentro y por fuera. Tardó mucho en recuperarse del golpe y todavía hoy seguía soñando con aquel chico que fue el amor de su vida, en quien había conocido el amor eterno. Y su imagen, deshecho en llanto, es la que se le viene a la cabeza constantemente cuando lo recuerda. Porque fue la última; nunca volvió a verlo.

Estando en Irlanda conoció a Salvador, que le pilló con las defensas bajas. De haber sido en otra época de su vida, no hubiera caído en esa red tramposa, pero andaba muy necesitado de cariños y se echó en los brazos del primero que le mostró un poco de amor. Salvador trabajaba en Alemania, por lo que la distancia hizo que, durante los primeros cuatro meses, apenas se vieran más que dos veces, las dos en España coincidiendo con sendos viajes que los dos habían hecho, con motivo vacacional, uno y familiar, otro. Salvador era un tipo misterioso, de un pueblo perdido en mitad de Extremadura, del que había salido muy pronto para estudiar en Salamanca. Apenas había terminado la carrera, se lo rifaron varias empresas, por sus méritos (eso decía él). Ciertamente era un chico muy culto que le recitaba poemas en sus encuentros íntimos, a falta de mejores dotes amatorias. Guillermo no entendía que un hombre joven, como era aquel, tuviera problemas para mantener una erección en condiciones más allá de unos pocos segundos. Aunque la naturaleza le había bendecido con un magnífico instrumento, la parte negativa del don divino era que, debido a carencias endurecedoras, tenía que ayudarse de otras técnicas, en las que, dicho sea de paso, no era nada diestro, para llevar al orgasmo a sus compañeros de cama. A falta de pan, buenos son poemas.

La historia con Salvador, al que había conocido en una aplicación de contactos para móvil, la había contado en uno de sus célebres hilos y había tenido mucho éxito. Era tan cierta, que muy pocos se la creyeron. Pero Guillermo aún mantenía ese sentimiento de estafa que le cayó como una losa y le acompañaba ahora cada vez que conocía a un potencial amante.

La afición por las redes sociales, en todas sus variantes, la había adoptado en Dublín como sustituto del gimnasio. Cambió músculo por *tuit*, *likes* y emoticonos. Fue la vez que más tiempo había estado sin pisar un gimnasio desde que entró en uno por primera vez.

Tantos años de esa rutina hacía que ahora ya no le preocupara tanto su cuerpo; sabía que lo tenía bien definido. Ahora el ejercicio se había convertido ya en una droga y, aunque aquel domingo era el último día que iba a pasar en Madrid antes de ir a disfrutar con su hermano esos días de navidad, no le importaba dejar para más tarde, cuando ya solo podría hacer la maleta de forma bastante atropellada, olvidándosele algo, seguramente, los preparativos para salir pitando a primera hora de la mañana del día siguiente. Suponía, o al menos esperaba, que no iba a dormir esa noche, pues después de la cena habría una copa como preludio a algo interesante. Al menos no dejaría de intentarlo.

Esta vez solo estuvo una hora con el ejercicio. No solo era que tenía tarea que hacer, era que la mente, sus pensamientos, le iban a mil por hora y decidió que dormiría una siesta antes de presentarse en el teatro. Desde que tenía contratos ya en serio con las compañías donde trabajaba, se lo había tomado muy a pecho y no se habría perdonado fallar en cualquiera de las actuaciones que llevaba a cabo.

En realidad, la actuación se la había tomado en serio desde que comenzó a participar en la universidad en grupos estudiantiles el primer año que llegó a Madrid. En el primero que lo hizo era un grupo de la facultad de Psicología formado por veintitrés miembros, con un 85% de chicas y el 15% restante de gays. Quien se encargaba de dirigir al grupo, que también era el que decidía las obras que se representaban y escribía alguna, incluso, para ponerla en escena, era un profesor de instituto que llevaba en esos menesteres más de treinta años. Se había licenciado en aquella facultad, donde había participado como estudiante en varios grupos de teatro que se formaban cada año y, al terminar, mantuvo el contacto con sus antiguos compañeros, que fueron dejando en herencia a otros nuevos cada año hasta llegar al momento en que Guillermo apareció por allí tres décadas después buscando un hueco para desarrollar una de las pasiones que siempre había tenido.

— ¡Un poco tirillas, pero nos puedes valer! — Le dijo entre risas de los veteranos. Y continuó. — No está el mercado como para desperdiciar chicos. ¿Cómo te llamas?

— Guillermo.

— ¡Mira, como Shakespeare! Demasiado largo. Busca otro nombre. — Le soltó casi sin mirarlo. — ¿Cómo se llama tu abuelo?

— ¿Cuál de ellos? Los dos se llamaban; ya están muertos.

— El que más cerca tuvieras.

— Dámaso.

— ¡Perfecto! — Gritó aquel personaje. — Dam, te quedará muy bien.

De esa manera tan ridícula decidió cambiar su nombre para los asuntos relativos a la escena.

Cuando tiempo después se abría su primera cuenta en redes sociales, no lo dudó: sería Dam. No se ocultaba del todo, pero tampoco se exponía con su identidad más íntima. Ya no quiso abandonar aquel pseudónimo, quizá animado por los recuerdos bonitos que de su abuelo Dámaso tenía. Pensaba que le haría gracia saber que se había apropiado de su nombre y que ahora, si bien abreviado, lo paseaba por algunas de las mejores salas de España. Pero nunca pensó que eso fuera a ocurrir tan fácilmente.

No llevaba tan siquiera un año en aquel grupo de aficionados, estudiantes de Psicología, cuando conoció al que sería con el tiempo su mejor amigo. Javier estudiaba arquitectura y también estaba interesado en la interpretación, pero picaba más alto. Quería ser actor de cine y se presentaba a todo cuanto *casting* se celebraba en Madrid y se le permitía el acceso libremente, sin necesidad de pasar por filtros de representantes, pues, desde luego, no estaba en situación de poder pagarse uno. Un sábado Guillermo se presentó a una prueba que había visto colgada en los tablones de anuncios de su facultad. Necesitaban actores para una película de bajo presupuesto y más bajas expectativas aún siquiera de llevarse a cabo. Le dio por acudir a la prueba y allí coincidió en el tiempo de espera con Javier, de modo que ya en esos primeros momentos se cayeron bien y quedaron de verse después para comentarse cómo les había ido.

Fue el comienzo de una amistad, larga, pero intermitente, pues pasaron bastantes temporadas sin saber el uno del otro. Intimaron más debido a una casualidad que el propio Guillermo provocó. Su amiga Ester y Javier estuvieron saliendo juntos durante unos meses. Ester decidió terminar esa historia cuando comprobó que estaba mejor sola que mal y poco acompañada, pero la cercanía entre su ya exnovio y su amigo se mantuvo incólume, reforzada, diríamos. Javier era un poco desastre y Ester resultaba demasiado planificadora y ordenada: eran dos almas incompatibles. Seguían manteniendo el contacto, aunque, sobre todo por el nexo que los unía, que no era ya otro que Guillermo.

Aquel *casting* había supuesto el comienzo de una gran amistad, pero, sobre todo, los primeros pasos, aún torpes, de Guillermo como actor profesional. Porque fue seleccionado y, desde entonces su carrera ya fue en ascenso, participando en diversas compañías de todo pelaje en aquel difícil mundo de la escena española y, especialmente, madrileña.

Fue el hecho de verse reconocido en lo que era su principal vocación, a la vez que le iban agobiando cada vez más los estudios, donde los resultados en forma de notas no acompañaban, lo que le incitó a centrarse en la interpretación. Incluso se matriculó en una escuela de actores, aunque había caído ya en gracia en ese mundillo y, en muy poco tiempo ya se había visto, incluso, en la tesitura de tener que elegir entre dos proyectos que se le habían ofrecido al mismo tiempo. Tenía don de gentes dentro y fuera del escenario y eso ayudaba mucho para progresar en ese ambiente. Le faltaba el salto al cine de verdad. Aunque le habían ofrecido algún papel muy secundario, no se había decidido, por el mucho tiempo que le robaba y el poco rédito, tanto económico como profesional, que le generaba. Pero ahora se encontraba en un momento ciertamente dulce. Sabía o, al menos intuía, que estaba a punto de dar el salto.

Javier, su amigo y ex novio de su amiga, seguía dando tumbos sentimentales y había abandonado ya todo empeño en ser algún día actor. Había terminado sus estudios y no le faltaban ofertas de trabajo, aunque aún no había encontrado la seguridad de una empresa fuerte que le proporcionara estabilidad en su empleo. En eso iba parejo a los asuntos sentimentales, pues las chicas, que solían caer rendidas al primer golpe de vista, se le escapaban en poco tiempo, cuando descubrían esa personalidad que a Guillermo tanto le gustaba, pero que no solía ser muy aceptada por las que pasaban por su vida a más rapidez de la que hubiera deseado. En el aspecto profesional no había estado nunca preocupado en exceso, ya que su padre, desde la ciudad manchega donde vivía y donde Javier había pasado sus primeros dieciocho años de aburrida existencia, le proveía religiosamente de fondos para que pudiera seguir progresando en su formación y su escala dentro de una profesión tan prestigiosa, según decía cuando hablaba de los estudios de su hijo.

Era Javier quien le había insistido la tarde anterior para que le acompañara, a él y otros más, a la fiesta de cumpleaños de una de sus innumerables exnovias. Además, él mismo había colaborado en la organización de la fiesta añadiéndose como "cumpleañero", aunque ya hacía un mes que había pasado la fecha real en que cumplió años. Como no había hecho fiesta en su momento, enamorado como estaba de Nuria, una nueva chica que había aparecido en sus aplicaciones, creyó que sería buena idea y así quedaría bien con todos. Guillermo había aceptado, porque Javier estaba pasándolo mal desde que había cortado de forma abrupta con ese su último ligue; aunque, tras pensárselo mejor y recordar que aquel era el día para el que el misterioso Mario había sacado las entradas, puso una excusa cualquiera y rechazó la propuesta. Javier hubiera querido ver a su amigo para comentar lo que ya le había contado con bastante detenimiento a través de mensajes.

La nueva relación que había iniciado unas semanas antes y que tanta ilusión le generaba, pues pensaba que esa sí sería ya la definitiva, se había esfumado por una de las increíbles razones que su despiste, ya conocido por todos, había provocado. Javier había propuesto ir al cine a su chica y él había cogido prestada la cazadora de un amigo que pasaba unos días en su casa, de tal manera que se llevó, sin percatarse de ello, también su teléfono móvil guardado en el bolsillo interior de la prenda. Cuando estaban a mitad de la película ese móvil, cuya existencia Javier ignoraba, emitió varios sonidos correspondientes a mensajería de una de las aplicaciones más comunes que usaban los jóvenes para procurarse encuentros. Como se daba la circunstancia de que los dos recientes enamorados se habían conocido también a través de esa aplicación, ella, que sin duda había reconocido inmediatamente el característico sonido, había salido del cine en un arranque de ira que no dejaba lugar en absoluto a ninguna explicación que él pudiera intentar. Había salido detrás, pero ella no le dio opción. Desde entonces había intentado varias veces hablar con ella, pero no había forma de ablandar su corazón para explicarle una situación, que, a estas alturas, ya no iba a creer de ninguna manera.

Guillermo tenía, pues, cierto cargo de conciencia por haber abandonado de ese modo a su amigo. En las conversaciones de los últimos días se notaba bien a las claras que Javier lo estaba pasando mal, que aquella mujer no era una chica más. Es verdad que siempre había tenido un carácter demasiado enamoradizo para su gusto, pero aquella historia la veía Guillermo con más futuro. Aunque no sabía qué aconsejarle o cómo poder ayudarle de verdad, sí tenía claro que, al menos, el desahogo le vendría bien. Así que esa tarde, a pesar de que no tenía demasiado tiempo, le había llamado.

— Tengo aún que preparar la maleta. No será mucho, porque no voy a estar fuera más de tres días, pero no querría que se me olvide nada y voy a arrancar pitando antes de que amanezca, que no me quiero encontrar atasco en la salida de Madrid.

— Vale.— Contestó Javier al otro lado de la línea. — No te preocupes; paso por tu casa y nos tomamos un café. Te cuento, de paso, cómo fue la fiesta, aunque te adelanto ya que no te perdiste gran cosa.

— Mejor, porque me sabe mal irme estos días sin despedirme de ti. Además, yo sí tengo que contarte. — Repuso Guillermo.

— Vaya, vaya. ¿No me digas que ayer hubo caza?— Bromeó su amigo.

— Caza mayor. Bueno, en realidad no hubo nada que pueda calificarse así. Al contrario; ayer conocí a alguien que me ha puesto en otro estadio. Pero, venga, vente para acá y nos vemos un rato, que antes de las seis quiero estar hoy en el teatro. — Y cortó la comunicación.

Javier había llegado a su casa apenas media hora después de haber hablado por teléfono. Parecía que estaba de mejor humor que los días pasados, aunque todavía seguía obsesionado con aquella chica. Aún no había conseguido convencerla de que quedaran para explicarle no sabía qué, pues había pensado en desistir de contarle la verdad sobre el móvil ajeno. Estaba seguro de que sonaría a excusa infantil por muy cierto que pudiera ser. Pero hoy le había traído un pequeño avance a Guillermo. Ella le había contestado, al fin, a sus mensajes de texto; y no parecía cerrada en banda a volver a verle. Eso ya era un gran triunfo, una grieta en la muralla de la indiferencia con la que había cercado su enfado mayúsculo. Pero Javier ahora estaba bloqueado y, como no sabía cómo abordar el ataque para no echarlo todo a perder, pues tenía claro que eso sí que no podría permitírselo, le pedía ayuda a su amigo.

Guillermo tenía su mente puesta en otras cosas. Intentó salir del paso aconsejándole que dejara pasar estos días navideños y después ya se les ocurriría algo, si es que lo necesitaban, porque aquello ya era señal bastante de que ella estaba dispuesta a darle una segunda oportunidad. Lo único que hacía falta era no estropearlo.

Pero enseguida cambiaron de tema.

— Bien. ¿Y?— inquirió Javier tras una pausa. — ¿Qué es esa historia tan interesante que tienes que contarme?

— No sé por dónde empezar.— Se excusaba Guillermo. Y tras una pausa que pareció obligada, porque salía y entraba del salón en donde estaban ambos, recolectando cosas para empaquetar con el escaso equipaje, se dispuso a contarle la historia. — No sé si te he hablado alguna vez de un tipo al que sigo desde hace unas semanas en Twitter y que me tiene un poco pillado.

Javier negó con la cabeza, esbozó una breve y pícara sonrisa y se repantingó en el sofá dispuesto a escuchar la historia. Prometía interés y le encantaba la forma de contar que tenía su amigo; de hecho, era su primer admirador en la red y quien más le animaba a publicar sus famosos hilos, sobre todo cuando pasaba más tiempo del habitual sin que hubiera una nueva historia en su cuenta.

Guillermo le relató entonces, con los adornos a que le tenía acostumbrado, los pormenores que le habían llevado a fijarse en aquel perfil, que le hubiera pasado totalmente desapercibido de no haber mediado la famosa historieta del Coliseo. Javier se acordaba de que alguien le había recordado en su momento a su amigo el título exacto de aquella novelucha y recordaba que incluso le había parecido propio de alguien más bien rarito. Le hizo un gesto con la mano que le invitaba a seguir la historia a la vez que adoptaba una postura algo exagerada de extrema atención por lo que barruntaba que iba a ser un buen relato. Guillermo continuó.

—Al principio me cautivó su atractivo, porque el tío está impresionante. Como me parecía que su foto no era real, sino de algún actor o modelo no muy conocido, comencé a bucear en su cuenta y a buscar todos los indicios que me llevaran a otros lugares de la red donde pudiera encontrar algún dato más sobre él, pero sobre todo más fotografías en las que apareciera. En su perfil solo decía que se llamaba Mario MM y que la información era su oficio. Supuse que las dos emes eran las iniciales de sus apellidos y pensé "hasta en esto se nota su encanto: mmm, expresión de deseo, aceptación, duda, quién sabe". Pude comprobar enseguida que las fotos eran suyas de verdad y, como en esta búsqueda superficial, había dado con otras cuentas y otros lugares de la red donde se daba información sobre él, investigué más a fondo.

Su amigo le escuchaba en silencio. Pensaba que no había nada raro en lo que le estaba contando, pues esa misma operación la hacían él y miles de personas como él cada segundo solo en la ciudad donde vivía. En cualquier momento alguien estaba tecleando tu nombre en un buscador para saber de ti por mil diversas razones, que, en la mayor parte de las ocasiones, sería difícil de justificar. Sabía que no solo los encargados de recursos humanos de las empresas, que por supuesto, sino todo el mundo se nutría primero de internet para llenarse de información sobre cualquier persona real. Parece más real, más auténtico, más sincero lo que se ve en redes que lo que se cuenta en persona, pues se piensa que a la cara nadie se atrevería a decir cosas, exponer ideas, mostrar actitudes que aparecen casi espontáneamente en sus cuentas de las diversas redes sociales. Y eso sin contar con la cantidad de información de cada uno que puede contenerse en otros lugares relacionados con el trabajo, compras, estudios, formación. Desde luego, lo que le estaba contando su amigo no era nada que se saliera de lo normal, a pesar de emplear en ocasiones para definirlo y describir el proceso palabras como obsesión o investigación.

— Lo único interesante de sus redes sociales era, en principio, Twitter.— Continuó Guillermo.— No tenía perfil en Facebook y encontré una cuenta suya, o, al menos, eso parecía, en Instagram. Por eso estudié con bastante interés lo que publicaba en aquella red. No era demasiado activo, aunque dos o tres veces por semana sí solía escribir algún mensaje. Pero lo más interesante era que una vez a la semana publicaba un enlace a un artículo, que solía ser una crónica cultural, ubicado en un blog cuyo titular parecía ser él mismo. No daba nombres concretos en aquel blog, tan solo tenía una cabecera con una cita literaria como título y ninguna otra información más allá de los artículos publicados regularmente cada semana desde hacía varios años. El número de seguidores en Twitter era excesivamente escaso para lo que nosotros estamos acostumbrados. No llegaba a los doscientos y ya sabes que yo suelo desconfiar bastante de perfiles con tan pocos seguidores. Mejor dicho, solía desconfiar, porque desde que apareció Mario en mi *timeline*, nada es lo mismo.

Javier le interrumpió apremiándole a que le resumiera la historia, porque, de otro modo, les darían las seis de la tarde y todavía no había llegado a la noche anterior, que era lo que le interesaba. Para azuzarle, disparó a bocajarro.

— ¿Te lo follaste anoche o no?

Le hizo gracia cuando unas horas más tarde su compañera en la obra le insinuó lo mismo en el camerino. Tenía Guillermo una fama bien merecida de picaflor, pues desde hacía años sus conquistas apenas le duraban unos días; semanas, en el mejor de los casos. Después de la decepción que le supuso la relación con Salvador no había vuelto a tener algo parecido a lo que podríamos llamar estabilidad sentimental.

Luisa estaba al tanto, igual que su amigo Javier, porque en los meses que llevaban trabajando juntos la había puesto al día de sus distintas aventuras. Aunque eran de distintas generaciones, el encanto natural de Guillermo, la curiosidad que mostraba por todo lo relacionado con el teatro en los años anteriores a su entrada en ese mundo y la madurez de los juicios y comentarios que solían contener sus conversaciones, consiguió enseguida que la gran dama del teatro que había sido Luisa Soto se mostrara dispuesta a la confidencia y la complicidad en esos temas y en cualesquiera otros que surgían; primero en los minutos previos a la salida a escena y, poco a poco en encuentros que se alargaban a veces hasta altas hora de la madrugada en cualquier bar cercano al teatro a la salida de la función. Luisa había pasado por varias fases con respecto a su relación con su compañero. De verlo como un pipiolo sin demasiada experiencia ni actitud suficiente para representar un papel, que ella consideraba tan complejo, hasta tenerlo como uno de sus mayores confidentes a quien contar sus neuras actuales, provocadas por una decadencia que comenzaba a notar, aunque solo ella se diera cuenta de tal proceso. En el ínterin había sido una madre, una consejera, una maestra y una amiga. Le hacían mucha gracia las historias que contaba en Twitter, especialmente cuando sabía que eran pura invención y quienes le seguían quedaban asombrados de las anécdotas que, sin ningún género de dudas, tenían por ciertas. Pero lo que más la divertía eran los ligues de Guillermo, que acostumbraba a contárselos con todo lujo de detalles, aunque ella siempre sospechó que debía separar el grano de la paja, eso si había grano, para poder quedarse con lo poco que de cierto había en ellas. Por eso, como ya conocía sus andanzas, no acababa de creerse que la noche anterior no hubiera acabado en la cama de aquel misterioso y atractivo caballero.

Quedaban unos pocos minutos para salir a escena y Guillermo dio un último repaso por el camerino para asegurarse que se llevaba aquello que ya no iba a necesitar allí cuando volviera después de las fiestas. No podía perder tiempo después de la función. Mario estaría aguardándole a la puerta cuando acabara y no quedaría bien hacerlo esperar. Ya había esperado él demasiado tiempo a que llegara ese momento, que nunca imaginó nada más que en algún tórrido sueño. De haber pensado en serio en esa posibilidad, probablemente hubiera intentado montar una historia para sus admiradores en redes.

Comenzó a fantasear con un encuentro el día en que Mario había hecho pública referencia a que tenía una entrada para ver *El Patio* en las navidades de ese año en Madrid. Para entonces Guillermo había investigado a fondo toda la huella digital que ese hombre tan interesante había dejado en internet y la noticia le causó un sentimiento difícil de expresar. Difícil porque le recordaba a las sensaciones que, siendo adolescente, le invadían cada vez que barruntaba una oportunidad para encontrarse con algún chico que le gustara. No era normal esa antigua desazón a esas alturas, pues fue al sentirla en esta ocasión cuando se dio cuenta de que hacía años que no había aflorado en absoluto. Y esto le asustó, a la vez que le ilusionaba. Le hizo trasladarse a los años en que despertaba al mundo de los adultos y que no entendía nada, porque nadie le había advertido de que la niñez se acababa un día y tendría que empezar a gestionar él solo emociones que le superaban. No tuvo, entonces, ninguna duda de que ese tipo no era uno más que hubiera conocido en la virtualidad de internet. Ya sabía de él lo suficiente como para estar seguro de que el deseo, en esta ocasión, era mucho más intenso y por otras muchas razones.

Al principio se dedicó a escudriñar en los artículos que tenía publicados en aquel blog. Enseguida se percató de que eran los mismos que enviaba a distintos periódicos españoles sobre estrenos de cine, sobre todo, pero también sobre exposiciones de toda índole, novedades musicales y teatrales, además de alguna crónica sobre la vida nocturna o el ocio en general en determinadas fechas. En algunos de ellos citaba incluso el periódico concreto en el que había salido y la fecha de su aparición.

Guillermo era un joven bastante más leído que la media de los integrantes de su generación, pues la vida con su tía Cintia le había acercado a todo tipo de lecturas, muchas de las cuales ni había oído mencionar antes ni las había vuelto a ver mencionadas después. Eran libros de todos los géneros lo que había leído en casa de su tía, pero sobre todo de ensayos más o menos psicológicos e históricos, además de novelas de todas las épocas, aunque sobre todo del siglo XX. No le faltaba, así pues, un más que considerable bagaje cultural que le permitía sentirse interesado por una gran variedad de temas y disfrutar de buena parte de aquellos artículos escritos por ese Mario del que poco a poco iba conociendo más datos.

No fue difícil saber que era periodista, que escribía para periódicos españoles y que parecía estar especializado en la sección de cultura y sociedad. Solo una vez leyó algo sobre política, referido a las elecciones presidenciales francesas y, por el tono, se intuía que sus posiciones se escoraban bastante a la izquierda, aunque parecía manejarse muy bien en los círculos más selectos de la burguesía parisina, si nos hacíamos caso de muchas referencias que aparecían en sus crónicas. Saber que era un periodista de gran recorrido y muy buena reputación profesional le extrañaba mucho en aquellos primeros días en que se había dedicado a conocerle un poco más. No era normal la escasa actividad y mucho menos común los poquísimos seguidores que Mario tenía en las redes sociales. Algo fallaba. Toda persona actual que se dedique al mundo de la información creía Guillermo, está muy presente en redes, por la cuenta que le trae. Solo algunas viejas glorias que ya estaban de retirada y no habían podido o querido coger el tren de los modernos instrumentos informativos se podían permitir el lujo de prescindir de herramientas como Twitter, por ejemplo. ¿Qué tipo de profesional era este? Algo no encajaba, porque estaba claro que le iba muy bien en su profesión y que sus jefes lo tenían en gran estima, si dejaban en sus manos y en sus ojos todo lo que del mundo cultural de la capital francesa saliera.

Aunque la técnica literaria que mostraba en sus artículos no era mala, enseguida se cansó de leerlos. Sobre todo, cuando reflexionaba y volvía al punto de partida. Y es que, en realidad a Guillermo lo que le interesaba era la persona en sí, no sus escritos, de los que, por otra parte, ya había leído los suficientes para hacerse una idea de casi todo. Por eso encontró otra vía que le conectaba a una fuente abundante de información, cuando, analizando a sus seguidores, encontró a un joven que aparecía con el nombre de Álvaro y cuyo perfil le pareció que podía corresponder a algún familiar. Elucubrando y espiando el material de la cuenta de este chico, llegó a la conclusión de que se parecían físicamente mucho y se lanzó de cabeza a esa hipótesis. Tuvo suerte, creía él, porque este Álvaro era mucho más activo, no solo en Twitter sino también en otras redes sociales, de las que sacó alguna información; entre otras cosas la confirmación del parentesco, pues en una publicación con abundante material fotográfico aparecían los dos en lo que sin duda era una reunión o fiesta familiar. Y Álvaro le llevó a su madre, mejor dicho, la cuenta del uno le llevó a la de la otra.

Supo nada más leer su perfil de Facebook que aquella Ana, la madre de Álvaro, era la hermana de Mario. Sus apellidos eran Martínez Mon (quedaba deshecho el misterio MM). Y eran naturales de una zona pintoresca y casi despoblada del Norte de España en cuya ciudad más grande seguía viviendo ella con su marido y sus dos hijos. Álvaro era el mayor, de un parecido con su tío realmente asombroso, y debía tener unos diecisiete o dieciocho años, pues estaba cursando los últimos años en el instituto. Ana era una fuente de información abundante, aunque todo relacionado con cuestiones familiares. En su página de esta red social solía publicar fotos cada semana y, aunque en los últimos tiempos ya no se prodigaba tanto, había cientos de fotos desde hacía más de diez años.

Sobre el tema que más le interesaba a partir de un determinado momento, el sentimental, no halló información en absoluto sobre Mario en la cuenta de su hermana. Dedujo que vivía sin pareja y que tal vez este era el modo de vida que había elegido desde hacía mucho. Sin duda no habría tenido problemas para encontrar a alguien que quisiera compartir sus días y, sobre todo, sus noches con él. Quizá lo tenía, pero su carácter era especialmente reservado para ese tipo de cosas y se hubiera propuesto evitar a toda costa que se le relacionara con nadie. En todo caso, una vez vista la incontinencia exhibicionista de

Ana a la hora de subir fotos familiares de toda condición a internet, dudó de que Mario hubiera podido controlar siempre ese propósito. Estaba claro que no había nadie, al menos importante, vinculado a la vida sentimental de aquel hombre.

Solo en una ocasión le pareció ver que el objetivo de su interés estaba acompañado por alguien que, quizá, no fuera un mero familiar. Se trataba de una foto antigua, que no correspondía con la fecha en que su hermana la había publicado, pues Mario aparecía bastante más joven y con un corte de pelo muy distinto al que lucía en las demás imágenes de la época. Se le veía en una reunión, no sabía si para celebrar algo, vestido muy deportivamente, con vaqueros y camiseta, rodeado de más gente, pero agarrando de la mano a alguien a quien apenas se distinguía, pues estaba de espaldas y solo podía vérsele la mitad de la cara que tenía vuelta hacia el lado opuesto en donde estaba Mario riéndose con otra gente. En la foto se trataba de reflejar algún cumpleaños o comunión o similar, pues en primer plano estaban retratados, en posición expresa para ser inmortalizados, tres niños de no más de diez años. Era en el fondo de este retrato donde se apreciaba la escena que a Guillermo le interesaba, la que le hizo dar un vuelco a su corazón cuando creyó conocer al que agarraba la mano de Mario. Pero no podía ser, no se veía bien y de ninguna manera era posible que aquella persona conocida estuviera en una fiesta familiar con aquel hombre al que había llegado por una casualidad de las redes sociales. Desechó de sus pensamientos que Mario y él pudieran tener conocidos comunes, pues sus vidas habían discurrido por cauces muy alejados, tanto en lo geográfico, como en lo generacional y lo profesional. Estaba claro que tanta fijación por el personaje le estaba jugando malas pasadas y veía ya lo que quería ver y no lo que de verdad tenía delante de sus narices. Ya no merecía la pena seguir indagando en los rastros que aquel hombre hubiera podido dejar en perfiles y cuentas familiares; Guillermo conocía lo suficiente de él como para no seguir espiándole obsesivamente.

Cuando en el mes de agosto de aquel año les confirmaron que volvía a representar la obra de teatro en Madrid durante dos meses, en principio, Guillermo lo anunció inmediatamente en todas las plataformas donde tenía cuenta; eso era lo habitual, para darle publicidad suficiente. Sus seguidores en Twitter eran su principal medio de difusión, pues solían retuitearlo y hacer algún comentario a la noticia, casi siempre de tipo positivo. En aquella ocasión, aunque fugazmente, pensó en Mario, al que había empezado a marcar, como hacen los futbolistas con sus rivales en el campo, hacía unas pocas semanas. Ya para entonces se había sorprendido a sí mismo fantaseando e inventando historias con aquel hombre que vivía y trabajaba en París, era natural de algún lugar entre montañas del norte de España, ejercía de periodista y tenía un sobrino calcado a él. Ya para entonces se había preguntado Guillermo alguna vez por qué se despertaba con ganas de revisar su cuenta en la red con el único aliciente de tener noticias de aquel hombre que había entrado en su vida a través de una novelita inmunda de la que ya nadie tendría el más mínimo recuerdo.

Siete en punto de la tarde

Luisa y Guillermo se desearon suerte, como solían hacerlo desde hacía unas semanas, con un fugaz beso en los labios, y se dirigieron a sus puestos un minuto antes de levantarse el telón. La música de los Beatles ya estaba sonando. *El hijo* se colocó en la escena, orillado a la izquierda, mirando fijamente a una fuente que en ese lado del escenario había. Escuchó el sonido de algún móvil en las primeras filas del teatro y suplicó a los dioses que no fuera un signo de lo que había de venir, pues era más habitual de lo que se podía esperar que durante la representación sonara alguna llamada o mensaje, a pesar de que se les avisaba hasta dos veces a los espectadores y que había carteles discretos por la sala recordándolo. El volumen de la música subió un poco, la iluminación de la platea se apagó por completo y el escenario se fue llenando de luz a la vez que el telón iba subiendo con bastante lentitud.

Con el rabillo del ojo pudo ver que la sala estaba tan llena como los últimos días; pleno de entradas. Parecía que, en las fechas inmediatamente anteriores a las fiestas navideñas, al público le crecía un cierto furor por las actividades culturales y especialmente por el teatro. Todos los años lo había observado; aunque las funciones hubieran estado rondando el fracaso más estrepitoso antes de la llegada de diciembre, en las últimas semanas del año solían llenarse las salas, empujadas, creía, por el frío de fuera que invitaba, más que en ninguna otra temporada, a disfrutar de algún espectáculo resguardado de las inclemencias de la intemperie. Era como una especie de celebración navideña en familia, en la gran familia de la comedia, que se reunían también para desearse lo mejor en el nuevo año que no tardaría en llegar.

Cuando notó que el personaje de *la madre* salía a escena desde el lado opuesto al que se encontraba, se giró por completo y se dirigió a ella para darle un beso en la mejilla al tiempo que iniciaba el texto de manera pausada, pero firme, solo interrumpido por los silencios, bastante abundantes, y algún que otro sollozo por parte de ambos personajes. El diálogo exigía una profundísima concentración, una identificación casi total con el personaje, que mostraba bandazos de ira, ternura, pena y profunda tristeza a lo largo de toda la representación, a veces con cambios bruscos, bien ensayados y trabajados antes, pero que, a pesar de todo, sometían a ambos actores a una gran presión interpretativa y, a veces, emocional. Muy a menudo las lágrimas que derramaban los dos en algunos momentos eran apenas fingidas, involucrados como estaban en muchos momentos en la trama y los sentimientos de los personajes a los que estos actores daban vida.

Recordaba Guillermo el momento en que le habían propuesto el papel que ahora desempeñaba sobre las tablas. Él había oído hablar de la obra muchas veces y se la habían también recomendado otras tantas, por lo que, si no la había visto aún, no era por falta de ganas. Estaba entonces colaborando con una pequeña compañía de teatro que se había lanzado a las micro piezas que hacían furor entre determinado tipo de público joven. No les reportaban apenas beneficios económicos, pues casi todo lo que ingresaban, una vez descontado un suculento porcentaje con el que se quedaba la sala correspondiente (actuaban en varias salas por distintas ciudades del país), lo debían emplear en trasporte, material y alquiler de locales donde ensayar el tiempo que no tenían representación, que era bastante. A pesar de todo, les compensaba, pues hacían lo que les gustaba, con apreciable libertad y se daban a conocer; era una plataforma de lanzamiento para empresas de mayor fuste. Dam —Guillermo— ya había trabajado con otras compañías en teatro profesional, si bien en papeles secundarios. En ese momento era una de las estrellas del grupo, donde se encontraba a gusto, pero a la espera de algo más visible, digamos. No iba a resignarse a no salir de los sótanos, donde habitualmente se hallaban las salas de micro teatro por las que pasaban. Estaba seguro de que, a no tardar demasiado, podría ascender, real y metafóricamente, y lucir su buen hacer en un escenario del que estuviera pendiente toda una platea, con sus palcos y todo, si era posible.

Una noche, al terminar la representación y mientras tomaba unas cervezas con sus compañeros, se acercó Darío Gómez, a quien conocía muy bien, pues recientemente había recibido un importante premio como dramaturgo a nivel nacional. Se presentó y sin apenas preámbulos le preguntó:

— ¿Te gustaría interpretar un papel protagonista en una obra mía? Sería para un año, como mínimo.

Guillermo, tras la sorpresa inicial, quiso hacer memoria rápidamente y pensar qué obras tenía Darío actualmente en cartel. Al ver que la cara de su interlocutor hacía un gesto parecido a la decepción, se apresuró a contestar.

— Claro. Quiero decir, ¿cuándo?, ¿dónde? No me gustaría dejar tirados a mis colegas con este trabajo de ahora.

— ¿Cuándo estarías dispuesto?

— De momento, tenemos contrato para este mes en Madrid, en esta sala. Habíamos pensado indagar y tentar la suerte en Barcelona o Valencia, pero no hay nada hecho todavía.

— Perfecto.— Contestó el autor. — Nos gustaría que te incorporaras no más tarde del próximo septiembre. Aún queda tiempo.

— ¿De qué obra estamos hablando?

— *El Patio*. — Dijo, y se quedó mirándole fijamente para saborear la reacción. Le parecía divertido observar la cara de sorpresa y asombro que, seguro, dibujaría. Esa obra ya había estado en cartel por toda España y había cosechado un sonoro éxito. Ningún actor podría resistirse a la propuesta de trabajar en ella.

— ¿Me lo dices en serio? — Contestó, con el asombro que se esperaba, Guillermo. Esa obra ya tiene actores. Son solo dos, ¿no? ¿Pasa algo con Antonio?

Antonio Peregrino era el actor que encarnaba al único personaje masculino del drama en cuestión y todo el mundillo del teatro lo sabía, por la publicidad que se había hecho él mismo y por los carteles que seguían apareciendo aún en la prensa cuando se reponía en alguna ciudad. Luisa Soto y Antonio Peregrino, una pareja perfecta para llevar a cabo el duelo teatral de moda. Darío satisfizo su curiosidad:

— Antonio se va porque le reclaman en México. Parece que van a rodar una serie de televisión que se prevé durará varias temporadas. Aunque no quería volver a hacer televisión en un tiempo, ha tomado esa decisión por un favor personal que le debía a la productora. De todas formas, entre tú y yo, nos viene muy bien el cambio, si aceptas lo que te ofrecemos.

Guillermo pensó en ese momento que Darío mentía en bastantes cosas. No creía que les viniera tan bien el cambio, como decía. ¿Cómo pretender que la obra de éxito desde hacía varias temporadas iba a quedar mejor defendida con un actorzuelo del tres al cuarto, apenas conocido y sin demasiada experiencia, que, con Peregrino, el Antonio más famoso? Si las razones por las que necesitaban sus servicios eran esas que le acababa de contar o no, ya era algo en lo que no perdería el tiempo averiguándolo.

— ¿Por qué yo?— Se limitó a preguntar como contestación.

— Te he visto actuar, ya me habían hablado de ti, me gusta como interpretas. Y, sobre todo, tienes el tipo físico y la voz perfectos. Ese papel estaba escrito para alguien como tú. Nos ha costado que el público vea en Antonio al hijo de Luisa. Hay diferencia de edad, pero no tanta como yo imaginaba al escribirla. En tu caso será distinto.

No le dijo quién le había hablado de él, pero Guillermo supo dos meses después de empezar a trabajar en *El Patio* que todo había surgido con un polvo. Darío Gómez, joven intelectual, bohemio y orgulloso bisexual, había trabado conocimiento una noche de copas con Ester, la amiga del alma de Guillermo. Después de unas horas de alcohol, drogas y baile, acabaron en la habitación del hotel donde paraba el dramaturgo, quien ya a esas horas le había contado lo estupendo que era escribiendo dramas y haciendo disfrutar a sus parejas de cama. Ester comprobó que la segunda cosa de la que se jactaba era cierta en un grado más que aceptable. Sobre la calidad literaria de sus piezas teatrales no pudo opinar hasta semanas después, cuando, asesorada por su amigo, leyó dos de ellas. Darío y Ester siguieron viéndose una temporada, y nunca lo suyo pasó de ser, ni lo pretendió, una relación carnal exclusivamente.

Y fue en una de esas tardes pasionales cuando ella le habló largo y tendido de su amigo Dam. A Darío le sonaba el nombre, lo había visto en alguna representación como secundario. Lo único que comentó entonces fue que sería buena idea que se montaran un trío, pues a él le ponía también el tal Dam. Lógicamente, ella rechazó la propuesta; no se veía en la cama con su amigo de la infancia, a quien tenía como un hermano, y sospechaba que tampoco Guillermo, aunque viniera vestido de Dam, estaría dispuesto a compartir placeres carnales con una dama. Pero ahí prendió la semilla de su futura relación profesional, pues, aunque Darío Gómez no dirigía sus obras, estaba siempre muy involucrado en su puesta en escena, aconsejando, opinando, incluso indicando qué actores podían ser los más adecuados para cada papel.

Cuando Peregrino anunció en la compañía que se iba a América, Darío pensó que podía intentarlo con aquel chico al que ya había visto, no solo en el teatro, sino también en su cuenta de Twitter, donde lo encontraba muy ingenioso, y en varios vídeos que su amiga Ester le había mostrado.

El curso de la acción discurría por los primeros compases, si bien *el hijo* ya había tomado una posición de ataque que asustaba, por lo duro e implacable, a los espectadores. No parecía esperable que en un drama de apenas dos horas ya se mostrara esa violencia verbal a pocos minutos de comenzar. *La madre* arrancaba a la defensiva, aunque siempre con actitud muy digna y a la espera de que le llegara su turno. Era como un combate de boxeo entre el boxeador experto, la madre, y el novato que entra con todo el ímpetu de que es capaz, convencido de que su juventud, frescura y fortaleza acabará en dos asaltos con el rival, ya cansado y envejecido. De esa manera el experimentado aguanta los golpes a sabiendas de que su rival se desinflará muy rápido y será entonces cuando él pueda emplearse a gusto. Así, la madre iba aguantando el temporal de reproches, olvidos, desplantes, heridas, que le iba recordando su hijo. Era solo el principio de una mezcla informe de sensaciones que, a veces se complementaban, a veces chocaban y otras veces provocaban una explosión dialéctica, literariamente bellísima y de gran emotividad, que arrancaba las lágrimas, no sólo a los actores que lo interpretaban, más allá de los personajes, sino también a buena parte del patio de butacas, que se podía aplicar a la tarea de enjugárselas en la oscuridad de sus sillones.

El actor interpretaba en esta obra un papel mucho más cercano a la realidad del Guillermo auténtico que a lo largo del tiempo había ido quedando oculto tras la capa de imaginación que la estrella en la que se había ya convertido Dam le había ido aplicando convenientemente. Cuando leyó el drama, primero, y la vio en escena, después, aún representado su papel por el famoso Peregrino, supo, sin ningún género de duda, que él iba a defender mejor a aquel personaje, tanto era el parecido con la historia real que vivió antes de trasladarse a la capital para empezar los estudios que enseguida dejó colgados.

Guillermo fue el primer hijo de una pareja complicada que habían decidido separarse cuando su madre quedó embarazada de él. La esperanza del hijo había hecho que pospusieran la decisión definitiva hasta que la nueva vida, que ese fruto prometía, se viera hacia dónde se encaminaba. No es que tuvieran muchas expectativas de que su relación fuera a convertirse en una apacible y tradicional unión de matrimonio clásico, pero podía esperarse que un proyecto en común de tal envergadura quizá recompusiera los pedazos de atracción, sospechas, deseo y sufrimiento de que estaba compuesta su historia.

Al poco de nacer, su madre decidió echar de casa a su padre, que todavía no estaba unido a ella por ningún vínculo formal —y que nunca lo estuvo, pues no llegaron a casarse jamás—, porque no podía soportar la diferencia del peso de la carga que asumía cada uno en la crianza del pequeño Guillermo, con perjuicio para la madre, claro está. Su padre se fue de casa, pero no desapareció de sus vidas, pues pocos días se contaban en los que no pasara por el piso a visitar a su pequeño, del que se sentía especialmente orgulloso, como si representara una proeza en su vida y hubiera que mostrar al mundo la consecuencia de su virilidad y madurez. Su madre pudo encargarse del cuidado de su pequeño con la ayuda de sus padres, los abuelos, a quienes se les despertó un instinto que no habían sentido, ni de lejos, con sus tres auténticos hijos. La madre de Guillermo era la mayor de una familia en la que además estaban otra chica y el pequeño, que era quien le había dado su nombre a Guillermo, pues se llamaba como él.

Cuando cumplió un año, sus padres volvieron a vivir juntos. Aquello era una relación en la que el deseo y el odio parecía que se administraban en parecidas dosis. No está claro si fue para celebrar la reconciliación, o para intentar rearmarla y que no volviera a descomponerse la pareja, pero, apenas dos meses después de instalado de nuevo su padre en el piso alquilado por su madre, y pagado por sus abuelos, se anunció la llegada de un miembro más a la familia. Así fue como muy poco antes de que Guillermo cumpliera dos años, llegó también al mundo su hermano Miguel. Los dos, con las desavenencias propias en toda familia, pasaron su infancia y adolescencia estrechamente unidos y Guillermo seguía hoy considerando a su hermano su mejor amigo, con el que hablaba cada semana un par de veces como mínimo y al que visitaba lo suficientemente a menudo en Valencia, donde vivía desde hacía años, como para que no hubiera cambios reseñables que lamentar haberse perdido en las vidas de ambos.

La relación entre sus padres continuó siendo muy tormentosa, entre otras cosas por las diferencias de estilos de vida de ambos, los proyectos para el futuro y el concepto de la vida y el mundo que ambos tenían. Su madre siempre fue muy expansiva, con muchos amigos de toda condición y procedencia y muy volcada en el compromiso político. Había militado hasta muy poco antes de nacer él en un partido muy minoritario de izquierdas, con el que había colaborado en varias actividades que rozaban lo ilegal, por cercano a la violencia. Aunque nunca abandonó sus ideas y su forma de ser, tras la aparición de sus dos hijos se fue atemperando, al tener dos criaturas a las que proteger y por las que luchar. Su padre era, en cambio el hijo pequeño de una familia numerosa militante en una asociación cercana a una secta de profundas convicciones católicas. Odiaba a los activistas pseudo revolucionarios que, según él, querían destruir lo de los demás por impotencia de no haberlo podido alcanzar ellos. El hecho de que él tuviera lo que quisiera sin haber dado un palo al agua en su vida no contaba, pues el esfuerzo de los padres debía redundar en los hijos también y no hay nada de injusto en ello. Tal vez fuera esa concepción de propiedad de los hijos, como si fueran muebles que se compran para llenar la casa, decorarla o que tengan alguna utilidad, lo que le había impulsado con tanta insistencia a mantener los lazos con la madre tras el nacimiento de sus dos hijos. Sin duda, se sentía orgulloso de ambos, no por lo que ellos fueran, sino por ser una obra que él había realizado, pues, al fin y al cabo, toda obra salía de él, bien fuera de su mente creadora, de sus manos trabajadoras, o de su pene productor de semilla.

A Guillermo la ausencia del padre no le provocaba mayor incomodidad. No vivía con ellos, pero siguiendo el estricto régimen marcado por el juez, los veía muy a menudo, cada semana; y cada dos semanas pasaban los dos con su padre el sábado y el domingo. Esos fines de semana no les faltaba de nada, pero, sobre todo, no les faltaban arengas sobre cómo debía comportarse un auténtico hombre, ni modelos de persona que siempre estaban encarnados por alguien de su larga familia paterna. Guillermo, al igual que su hermano, no prestaban atención a esas peroratas, que generalmente recibían mientras jugaban al último videojuego que su padre les tenía preparado y que, como un niño más, ya había probado antes para enfrentarse después a sus vástagos y mostrarles las habilidades del padre perfecto. Al volver a casa, su madre les hacía unas pocas preguntas casi obligadas sobre cómo se lo habían pasado y no indagaba más, pues nada quería saber de la vida, en todos los aspectos, del padre de sus hijos. En lo más profundo de ella seguía aún viva una leve llama de deseo, que bajo ninguna circunstancia estaba dispuesta a activar con el combustible de los celos.

Dam en el escenario veía en muchos momentos a su padre, cuando hablaba con la madre de *El Patio*. Sus convicciones religiosas, su intransigencia, su visión de una moralidad enfermiza y tóxica, su defensa de un mundo solo existente en su mente y en los libros de historia, ni siquiera ya tan reciente, provocaban que el hijo se identificara a la perfección con ese otro hijo, ya algo lejano, que cada quince días había tenido que soportar también la presencia, no de una madre inmisericorde, como la que tenía entonces delante, sino de un padre que era la viva imagen de la intolerancia, la ausencia de respeto y la incomprensión hacia el prójimo. No tuvo que hacer muchos esfuerzos para meterse en el papel. No obstante, Guillermo ya había optado por representar otra comedia previa y que afectaba al mundo real, cuando enmascarado en el personaje de Dam, había lanzado al mundo que empezaba a admirarle los contrafactuales que aparecían en su cuenta de Twitter.

Pero en aquella figura de la madre que evolucionaba cada tarde junto con el personaje que él representaba, también confluía, de otro modo, quizá más callado y subliminal, el recuerdo de su propia madre.

Su madre murió muy joven y les dejó a su hermano y a él casi abandonados al cuidado de un hombre, su padre, que aún no había superado su propia adolescencia, justo cuando ellos empezaban a transitar por la suya. Guillermo tenía entonces quince años.

Desde que tuvo uso de razón había tenido siempre un carácter alegre, optimista y despreocupado y esa forma de ser apenas se resintió con la desaparición de su madre. No quería decir esto que no lo hubiera sentido, bien al contrario; el golpe, en los pocos años de él y de su hermano, fue tremendo. Para Guillermo, su madre lo era todo, pero también le había enseñado con su ejemplo a vivir mirando siempre al futuro y sacando o al menos intentándolo, lo mejor de cada situación y cada experiencia. Fue la familia materna la que, además de encajar ella misma el mazazo de la desaparición tan temprana de la hija mayor, se preocupó muy de veras por la suerte de los pequeños, que entraban en ese momento en una edad tan difícil.

A su madre la habían diagnosticado un cáncer cuando él tenía diez años y, aunque pareció haberse recuperado bien, tras una operación no demasiado compleja y unas cuantas sesiones de quimioterapia, que a ella la dejaban baldada durante dos días, pero que disimulaba todo lo que podía para no preocupar a los niños, acabó reproduciéndosele en muy poco tiempo y esta vez ya fue definitivo. Ni siquiera quiso tratarse, una vez que los médicos le habían dicho que cualquier plan de medicación tan solo alargaría unos pocos meses su vida, pero no podían garantizar en qué condiciones. Asumió su suerte y, aunque lamentó que hubiera de caerle precisamente a ella esa desdicha, sufrió más por el incierto futuro que les aguardaba a sus hijos, a los que ya no iba a ver crecer del todo. Guillermo se daba cuenta de las penas de su madre, pues ya era lo suficiente mayor para ello, y el tiempo que duró su enfermedad le pidió a su padre que le dejara, al menos a él, quedarse siempre con ella, prescindiendo del régimen de visitas que el acuerdo judicial indicaba. También su padre fue comprensivo y colaborador en aquellos momentos tan aciagos.

Quería a su madre más que a nada en el mundo. La admiraba además como a la persona capaz de las mayores proezas y en ella tenía siempre la ayuda que necesitaba en los últimos años en que había empezado a transformarse en el joven alegre y divertido que finalmente había llegado a ser. Por eso sintió mucho la despedida y no quiso desprenderse de sus recuerdos (algunas ropas, sus libros y discos y varios álbumes de fotos que tenían como diversión y conocimiento de la intrahistoria familiar a la que, de cuando en cuando le daban un detenido repaso). Siempre que se acordaba de su madre, la imaginaba riendo, riéndose mucho, incluso cuando abrazaba y besaba a sus hijos; todo ello a pesar de las muchas veces que la había sorprendido llorando y lamentándose de la escasa suerte que la vida le había ofrecido en lo que a estabilidad emocional y familiar se refería.

Pero aquel recuerdo alegre de su madre se fue transmutando con el paso de los años en algo extraño e inconfesable, pues no se había atrevido a desahogarse con nadie sobre el tema. Poco a poco llegó a culparla de haberles abandonado, de haberles dejado solos a su hermano y a él. Miguel nunca había sido tan reflexivo y, aunque menos alegre de carácter, siempre fue más resolutivo en todo, en los estudios, en las amistades, en las novias, las dos únicas que había tenido, y en sus decisiones más trascendentales, como la de casarse cuando aún no había cumplido veinticinco años. Decisión que acabó mostrándose como absolutamente desafortunada, pues su matrimonio duró catorce meses exactamente, a pesar de lo cual no se había arrepentido ni antes ni ahora, tal era el carácter de su hermano. Sin embargo, él pensaba mucho en su madre, quizá por haberla perdido cuando más la necesitaba, creía, y esos devaneos fueron dando como resultado una especie de culpabilidad que le achacaba a ella por haberse retirado de la escena antes de que la comedia estuviera bien encaminada. Sabía que estaba siendo injusto con ella, que no había tenido ninguna culpa en su destino fatal y que, tal vez, era ella la única perjudicada, pero ese sentimiento se le había metido de tal forma en su mente, en sus pensamientos, que hubo noches en las que le daban las tantas en una conversación imaginaria con su madre, llena de reproches y de llanto, en la que echaba fuera todo lo que le quemaba y no sabía qué hacer para evitar que le hiriera como un punzón.

Por eso, cuando Darío Gómez le propuso incorporarse a ese drama de éxito reconocido ya para aquel momento, Dam se vio obligado a disimular en cierto modo a fin de que no se le notara que, en realidad, poco se tenía que transformar, pues ese hijo que se movía por el escenario del teatro cada tarde no era muy distinto al Guillermo que Dam quería ocultar tras varios velos de historias inventadas y reclamos de otras más jugosas a las que sus seguidores eran ya un poco adictos. Leyó la obra varias veces y tuvo una larga conversación con el director de la misma, al que no le importaba demasiado la identificación de los actores con los personajes a los que daban vida, más allá de que fueran capaces de armar una correcta puesta en escena, pues las dificultades que conllevaban los constantes cambios de registro podían fácilmente dar al traste con la credibilidad de lo que allí se mostraba. En cuanto Dam le expuso algunas pegas o dudas sobre determinadas respuestas y ataques de su personaje, le remitió al autor para que fuera él quien le explicara razones, causas y finalidad.

Darío era un joven dramaturgo que ya había probado alguna vez las mieles del éxito y, aunque no resultaba displicente con sus interlocutores, ni solía mostrarse soberbio, sí había un punto de vanidad en él que hacía difícil mantener una conversación entre iguales siempre que se tratara sobre lo relativo a su obra. Aun así, la visión de Dam le sorprendió muy gratamente desde la primera vez que trataron el tema, e incluso había hecho alguna sugerencia de cambió que acabó por aceptar al comprobar que funcionaba muy bien y que incluso la otra actriz lo suscribía por completo. Era evidente que ese chico tenía talento y se ganó al público en apenas un mes. Ya nadie recordaba a Antonio, que estaría en aquellos momentos desplegando sus plumas de pavo real por todos los platós aztecas que se le ofrecieran. Dam se había convertido en uno de los actores teatrales de moda y estaba a punto de recibir, si nada se torcía, el primer premio importante. Si se lo debía a alguien, estaba bien claro que no podía ser a nadie mejor que a sus padres. A los dos, aun por diversos motivos.

Ya estaban hacia la mitad de la obra cuando Dam se quedó en blanco. Por unos pocos segundos se salió del momento de ficción que representaban y no lograba volver a reengancharse. Nunca le había pasado en esta pieza, tal era la compenetración del actor con el personaje al que daba vida; sin embargo, en aquella ocasión, se encontró de repente pensando en Mario.

Habían hablado sobre las dificultades del fingimiento en la conversación de la noche antes y recordaba que le había contado cómo había tenido que hacerse pasar por lo que no era durante tantos años de su vida hasta que la sociedad, sus amigos, su entorno y su familia le habían invitado tácitamente a salir de aquel armario vetusto y con olor a viejo que ya estaba astillado por todos los sitios. Mario le había contado algún pequeño episodio de su adolescencia y primera juventud y finalmente le confesaba que no sintió nunca la necesidad ni tuvo valentía para hablarle a sus padres de sus apetencias vitales. Era ese recuerdo el que le había desviado de su atención justo cuando en su texto había una frase dirigida a la madre en la que le preguntaba si hubiera ella preferido que su hijo no se hubiera sincerado con su madre y el resto de su vida lo hubiera pasado fingiendo, mintiendo. Entonces fue cuando se le representó Mario y la sonrisa triste que se le había dibujado cuando le confesó ese extremo.

Pasaron unos segundos que se hicieron eternos, pero solo para él. Ni Luisa, ni el público se dieron cuenta de que estaba en dificultades. Más bien al contrario, lo juzgaron como un alarde interpretativo de gran calidad.

La conversación a lo largo de la obra era de tal calibre que el director siempre les recordaba que no pasaba nada si a alguno de los dos se les olvidaba el texto o se quedaba en blanco. Los silencios ahí eran tan importantes como las palabras, es más, venían muy bien para subrayar el drama, así que no había de qué preocuparse. Aguantar un largo silencio en la escena, cuando no hay ningún otro elemento dramático, como música o movimientos llamativos, se hace especialmente difícil; se puede generar una gran tensión entre el público que asiste y está dentro de la trama con todas las consecuencias. No siempre es fácil y muchas veces era el propio regidor quien les insistía en la conveniencia de alargarlo más. Por eso, cuando Dam se quedó en silencio y los segundos pasaban y no volvía sobre el texto, él se mantuvo inmóvil mirando a un punto indeterminado en la sala de butacas, lo que provocó una incomodidad tremenda e hizo reaccionar a parte del público que se movió, nervioso en sus asientos, dándose por aludidos ante la pregunta que el hijo acababa de hacer a la madre y que esta no acertaba a contestar. Lo cierto era que ella no tenía que contestar, sino que el hijo debía seguir insistiendo en ese requerimiento, pero Dam seguía viendo la sonrisa amarga de Mario.

Y es que, cuando Guillermo comprendió que era homosexual, se debatió durante varios meses, que finalmente se convirtieron en años, sobre la conveniencia de compartirlo o no con su padre. Habían sido muchas ya las sesiones sabatinas o domingueras en las que los dos hermanos asistían a las estúpidas soflamas que su padre y, a veces, alguna tía, hermana de su padre, más implicada aún en las teorías y prácticas de aquella secta de ortodoxia cristiana a la que pertenecían, les sometían a ambos. Por esa razón, no sabía muy bien si convendría o no ese deporte de riesgo en el que parecía que podía convertirse una conversación sobre ese tema en casa del padre. Por supuesto, su hermano estaba con él a muerte y no entendía por qué Guillermo se complicaba tanto sobre ese particular, pues su madre siempre les había educado en un ambiente de diversidad y tolerancia que casaba mal con las reservas que ahora mostraba a la hora de abrirse a su padre. No comprendía dónde estaba la anomalía, máxime cuando llevaban ya más de un año al cuidado de su tía Cintia, la hermana de su madre, lesbiana combativa, que vivía con su novia desde hacía tiempo y a la que, hasta sus abuelos, ya de otra generación, aceptaban con total normalidad.

Tras la muerte de su madre, los dos huérfanos se establecieron con su padre en el piso que los abuelos le habían comprado, pero que casi no usaba, más allá de noches ocasionales en que lo necesitaba para lances de amor, interesado en mantenerlos en secreto. Él vivía habitualmente con sus padres en unas dependencias anejas a la casa familiar que poseían en una urbanización de lujo, donde el espacio no era un problema. Pero en un fogonazo de lucidez pensó que no era buena idea llevarse a sus hijos a la mansión familiar para compartir con el resto del clan sus atenciones y problemas cotidianos. Enseguida se dieron cuenta los tres de que ni el padre sabía ejercer como tal ni a los hijos les entusiasmaba la idea de esa nueva vida de la que salían cada dos o tres días, a lo sumo, en busca del calor y las buenas artes culinarias y familiares, en general, que sí encontraban en la rama materna. Finalmente se decidió en una reunión con representantes de ambas familias —que más parecía una parodia de un consejo de administración de una empresa de tercera, que un encuentro cordial entre allegados, buscando lo mejor para dos adolescentes que habían perdido a su madre de manera imprevista— que lo mejor sería que los dos jovencitos se establecieran con la hermana de su madre.

Cintia vivía con su novia, aunque esta no era una situación del todo pública, en la misma ciudad, pero tan alejada de sus padres que había veces que pasaban meses sin verse. Era una mujer algo más joven que la madre de sus sobrinos, que había llevado siempre una vida muy independiente y al margen del resto de la familia. Inteligente y estudiosa, si bien, a su modo, un poco caótica, había terminado muy joven los estudios de Economía y Ciencias Políticas y encontrado un trabajo de asesoría para una empresa multinacional que le permitía tener un horario y calendario de trabajo tan flexibles como para poder organizarse sus planes antes, y después adaptarse a las exigencias de la empresa. Había viajado mucho, aunque en los últimos años ya solo lo hacía por placer. Había conocido varias relaciones sentimentales y, por fin, ahora parecía funcionar la última por la que había apostado. Pero, sobre todo, era una lectora voraz. Y esto fue lo que marcó el futuro de Guillermo. Animado por ella, que veía en su sobrino una mente despierta y especialmente curiosa, comenzó a leer lo que encontraba en su abundante y bastante variada biblioteca, de tal manera que, en los últimos años del instituto, ya pasaba por el estudiante que lo había leído todo, según fama entre sus compañeros, lo que atraía invariablemente la atención de todos sus profesores. Guillermo se convirtió, con su tía Cintia, en un lector impenitente, lo que le colocó en una inmejorable posición de partida en muchas ocasiones en que la vida le fue ofreciendo distintas oportunidades. Siempre tuvo claro que en esa biblioteca casera comenzó a fraguarse lo que estaba ahora consiguiendo en el mundo del teatro.

Los años del instituto fueron momentos en que se alternaba el recuerdo, no especialmente triste, de su madre ausente, con la felicidad que en aquella casa vivieron los dos hermanos con escasísimas excepciones. Su tía era un espíritu libre con un punto *hippie* y no otra cosa, sino libertad, era lo que les trasmitía a sus sobrinos. Ayudaba el hecho de que ninguno de los dos pasó por procesos de rebeldía tal que pudiera causar una especial conflictividad en su comportamiento adolescente. Por eso su salida del armario no supuso trauma en absoluto en aquel hogar, en donde ni siquiera causó sorpresa, pues la tía Cintia le aseguró, cuando Guillermo le dijo por primera vez que creía estar enamorado de Rafa, que ya era hora, pues su hermano, dos años más joven, llevaba tonteando con chicas desde mucho antes.

De otra forma bien distinta cayó la noticia en casa de su padre, como él ya sospechaba. A pesar de las reservas que siempre había mostrado, por indicación de su tía y los constantes ánimos de su hermano, se decidió a hablar sobre tan espinoso asunto con su progenitor, cuando ya llevaba saliendo con Rafa casi un año. Tenía miedo de que se enterara por otras fuentes y, en definitiva, estaba convencido de que no tenía nada de qué avergonzarse. Sabía que en la familia de su padre tendrían serios problemas para aceptar una noticia así, pero era su vida y no quería tener que fingir ni un segundo, pues no era eso para lo que le habían educado, ni lo que había aprendido. Finalmente, en una cena en la que solo estaban los tres, el padre y los dos hijos, Guillermo se lanzó:

— Una cosa, papá. Me molesta tener que hablar de esto, pero creo que conviene que lo sepas y que sea yo quien te lo diga: me gustan los chicos.— Calló y, como su padre no contestaba nada, tras una breve pausa, continuó.— Es decir, no me gustan las chicas. Y aprovecho para decirte que tengo un novio con el que llevo saliendo un año.

Su padre dejó el tenedor y el cuchillo encima de la mesa y pensó unos segundos cómo debía reaccionar. Pero se le adelantó el hermano pequeño, quien apostilló.

— Se llama Rafa y ya lo conocen la tía y los abuelos. Es un chico genial.

Su padre le interrumpió con una voz más alta de lo normal y extremadamente serio:

— Pero ¿vosotros de qué vais? Supongo que es una broma, ¿no? ¿Qué es eso de que Guillermo está saliendo con un chico? ¿Os creéis que eso es normal? ¡Vosotros veis mucha tele! Tanto maricón gracioso en todos los programas os debéis de pensar que es divertido. ¡Como si eso se pudiera elegir! Tú eres como yo y como tu abuelo: ¡un hombre de los pies a la cabeza! ¡Y quítate esas tonterías del pensamiento!

— Pues claro que no se puede elegir, papá. — Contestó Guillermo aparentemente tranquilo. Llevaba pensando en esta conversación tanto tiempo, que sabía perfectamente por dónde podía salir su padre. Lo cierto era que no se apartaba un ápice del guion que se había imaginado en su cabeza. — Por eso te lo estoy diciendo. ¿Crees que, si pudiera, elegiría hacerte daño a ti y a los abuelos? Porque sé que esto no os gusta, pero es la realidad.

Su padre, para cumplir fielmente con lo establecido en el programa, y sin que pillara de sorpresa en absoluto a sus hijos exclamó:

— ¡Esto es cosa de Cintia! Nunca pensé que la tía sería capaz de meteros estas cosas en esas cabecitas. Y no me extrañaría que lo hubiera hecho por joderme; nunca me tragó ni le gustó que estuviera con su hermana.

A Guillermo se le escapó una sonrisa que casi sonó a carcajada, entre divertida y apenada. Miró a su hermano y este fue quien le respondió a su padre:

— Pero ¿qué estás diciendo? ¿De verdad te crees lo que dices? Pues yo no he debido de estar demasiado atento en sus clases porque a mí me gustan las chicas. ¡No digas tonterías!

Entonces el padre dio un puñetazo encima de la mesa. Sus hijos no le habían visto tan violento. A pesar de que nunca había sabido preocuparse en condiciones de sus hijos y se comportaba con ellos de una manera tan infantil, a veces, como ellos, jamás les había levantado la mano y muy pocas la voz. Sí lo habían visto más violento con su madre, pero nunca con ellos. Por eso se asustaron los dos de verdad. Pero ya tenían quince y diecisiete años como para que aceptaran, sumisos, una regañina, que ambos sabían que no tenía ningún fundamento. Por eso continuaron discutiendo a tres bandas en un tono bronco con intensidad variable según los momentos y quien llevara la voz cantante en cada ocasión. Después de más de media hora en que no consiguieron que mostrara un ápice de tolerancia. Se levantaron de la mesa con intención de salir del comedor a la habitación en la que los dos pasarían esa noche de sábado. Su padre solo alcanzó a decirles con voz desolada:

— Chicos, de esto ni una palabra a los tíos o a los abuelos. Ya me encargaré yo de decírselo cuando convenga. No me hundáis más de lo que ya lo habéis hecho.— Y con voz apenas inaudible y casi llorosa, exclamó. — ¡Qué vergüenza, Dios!

Guillermo y su padre no volvieron a hablar del tema nunca más. Este lo ignoraba, aun dándolo por cierto. Se negaba a aceptar, a pensar que palabras como marica, maricón, gay, homosexual, o cualquiera de similar calaña pudieran aplicarse a su hijo, a la obra de la que se había sentido tan orgulloso desde que naciera. Incluso Guillermo había llevado con él a Rafa alguno de los fines de semana que quedaba con su padre. Se lo había presentado, pero él nunca se dirigía a ellos más que como si fueran un par de amigos que pasarían el sábado con él jugando a algún videojuego nuevo. Al principio, Guillermo se sentía dolido, pero su hermano le hizo entender que no iba a cambiar y que siempre sería mejor esa reacción que el rechazo total y la prohibición de mostrarse delante de él como lo hacía. Era una actitud de "no preguntes, no digas". A pesar de que conocía bien a su padre, no podía comprender cómo alguien de una generación aún joven, pues su padre andaba en torno a los cuarenta, no estuviera dispuesto a aceptar que la tendencia sexual de su hijo fuera distinta a la suya.

Dam pensaba a menudo en su padre cuando estaba en el escenario y repasaba fugazmente el patio de butacas en busca de su cara atenta a la obra que estaba interpretando su hijo, ese joven actor que había salido en casi todos los periódicos del país y que era tratado como una joven y ya rutilante estrella en el mundo de la escena. Sabía que eso no iba a ocurrir, que su padre no asistiría a una función en la que trabajara Dam. De hecho, sospechaba que no sabría siquiera que estaba interpretando uno de los papeles más aclamados en los últimos meses por la crítica y el público. A su padre jamás le había interesado mínimamente nada relacionado con la cultura; no creía que hubiera visto una representación teatral en su vida. Sin embargo, en lo más profundo de su ser, no sabía si motivado por el orgullo, la rabia, el cariño o la soberbia, algo palpitaba deseando que su padre pudiera verlo en escena.

No veía a su padre en la platea, no, pero sí se lo imaginaba con todas sus virtudes y defectos en el personaje que interpretaba su compañera Luisa Soto. A él se dirigía en muchos de los momentos de aquella obra, no necesitaba una madre imaginaria y enferma deseando saldar cuentas con el hijo al que abandonó cuando este más la necesitaba. No necesitaba ningún esfuerzo imaginativo. Cada tarde se las veía con su padre en un ejercicio de catarsis que ya muchas veces le agotaba.

Pasados ya unos minutos de la mitad de la obra, el ímpetu verbal, casi violento, basculaba sobre el personaje de la madre. Y era en esos compases del diálogo cuando a Dam algo le vibraba por dentro, pues muchos de los argumentos que aquella madre de ficción le lanzaba, como espadas en un ejercicio circense, eran muy parecidos a los que le había oído a su padre en aquella célebre cena epifánica o que le habían llegado a través de su hermano u otros miembros de la familia cuando volvían sobre el tema. La madre cargaba con todas sus fuerzas sobre el hijo y lo hacía culpable de haberla condenado al ostracismo entre su círculo de amistades y buena parte de la familia, para evitar que se supiera lo que para ella era una anomalía una malformación, una vergüenza, en definitiva, que arrastraría en la figura de su hijo hasta que Dios la quisiera llamar a su seno. En el fondo, decía su madre, le importaba más bien poco la vida de pecado que él hubiera decidido llevar; lo que no podía perdonarle era que la hubiera arrastrado a ella también a esa picota de oprobio ante los demás. De poco servían en la escena las lágrimas del hijo y las protestas a media voz. Aquella mujer se había transformado en una leona herida, en su orgullo y en su honra, y eso era algo que no había podido ni querido tolerar. En cierto modo le culpaba a él de su reacción y de haberla puesto en el brete de tener que abandonarle y renegar de él hasta olvidar que nunca había tenido un hijo.

Si en estos diálogos Dam tenía que hacer pocos esfuerzos para poder ocupar el lugar del personaje representado, todo lo contrario ocurría con su compañera Luisa.

A pesar de que era una actriz poco dada a airear su vida privada, todos sabían que se había divorciado recientemente de su segundo marido, con el que había estado casada poco más de diez años, y que no tenía hijos. Ese era un tema del que no hablaba ni en los círculos más íntimos de compañeros, cuando salían a celebrar algún triunfo y la noche y las copas se abatían sobre ellos hasta extender una capa de complicidad y confianza. Pero Luisa tenía como su mayor derrota la frustración de no haber podido ser madre. Lo intentó con tesón en su primer matrimonio, pero no tuvo los resultados esperados, y eso que los médicos nunca vieron nada anómalo ni en ella ni en el cuerpo de aquel marido, actor, como ella, que había sido uno de los galanes más deseados en las últimas décadas del pasado siglo.

Por eso ahora a ella le costaba meterse en ese papel de mala madre, estricta e intolerante, que no mostraba un ápice de comprensión al hijo que cada tarde le imploraba sobre las tablas de aquel teatro. No podía entender que una madre diera de lado de forma tan cruel a un hijo, hiciera este lo que fuera que hubiera hecho. Habría dado la mitad de su vida y todo el éxito conseguido en su carrera actoral por haber tenido la mínima oportunidad de ver ante ella a un hijo propio que le reprochara y le respondiera con palabras aún más duras que las que aquel hijo le dirigía cada día. Quizá por este convencimiento, mantuvo bastantes discusiones con el director y, especialmente, el autor de la obra, sobre el contenido de los diálogos en sus partes más violentas. Y aunque no fue fácil convencerla, finalmente encontró la manera de dar verosimilitud a un texto que Luisa consideraba muy alejado de cualquier realidad familiar contemporánea.

A excepción de la última parte, desarrollada en apenas dos minutos, este de ahora era el momento que más tensión generaba en el público, contagiado por la entrega de ambos actores. Dam se transformaba entonces en aquel Guillermo que daba sus últimos pasos adolescentes, enfrentándose a un padre incapaz de entender nada de lo que su hijo le estaba pidiendo; mientras Luisa, empujada por el arrastre de su compañero de escena, alcanzaba unos momentos de violencia verbal, entre desplantes gestuales y gritos, que parecía aterrar al patio de butacas, donde no se oía ni el aliento de los espectadores en los momentos de silencio que hacían aún más dramática la escena. Era en esos instantes donde Dam comprendía que tenía ante él, como compañera de reparto, a una auténtica diosa de la interpretación. Nunca antes se había compenetrado con tanta pasión defendiendo un papel, una obra. Y todo aquello se contagiaba al público, hasta el punto de que buena parte de los asistentes cada noche contraían sus músculos y aguantaban la respiración en sus asientos ya hasta el final, para el que no quedaban nada más que unos minutos.

Ahora recordaba a su padre, pero las circunstancias vitales le habían ayudado a apartarlo de su vida hacía ya bastante tiempo. Guillermo cambió su ciudad, donde había vivido ininterrumpidamente desde siempre, por Madrid dos años después de haber tenido el gran desencuentro con su progenitor. Lo hizo animado por su amiga Ester, compañera, primero de juegos en la infancia y luego de confidencias de amores adolescentes en el instituto. Ella llevaba viviendo ya en la capital desde que había empezado la universidad, un año antes, y enseguida se dio cuenta de que ahí era donde podría encontrar su hueco, o, mejor, sus múltiples huecos, su amigo. Durante aquel año en que cada uno vivió en una ciudad diferente, ella le iba informando de los lugares, encuentros, grupos de amigos, compañeros de estudios, fiestas, descubrimientos varios, hasta tal punto que a Guillermo le pareció que ese era su destino natural y comenzó muy pronto a planear la huida. Especialmente atractivo le resultaba todo lo que ella le contaba sobre la compañía de aficionados en la que se había metido nada más pisar la facultad para seguir con su afición al teatro. Guillermo había hecho al respecto alguna cosa aislada en los años del bachillerato, pero no se involucró nunca demasiado, sobre todo por sus problemas y aventuras familiares.

Cuando tomó el tren rumbo a Madrid con la persona que más quería en el mundo en aquel momento, creyó de verdad que nunca más volvería para instalarse en aquella ciudad que dejaba atrás y que ya solo era recuerdo y todavía no se había ido. Su padre les había abandonado definitivamente unos meses antes, cuando decidió irse a vivir, ahora sí parecía en serio, con una novia con la que se estaba repitiendo la historia de idas y venidas que tuviera con su madre. Se habían instalado a casi cien kilómetros de allí y no se habían vuelto a ver desde entonces. Naturalmente, nunca les faltó a los hermanos la pensión, considerable, que puntualmente quedaba ingresada en una cuenta compartida en la que también figuraba el nombre de su tía Cintia. No había pues, razones financieras para echarle de menos, pero sí hubo cierto desgarro en la separación, a pesar de que sus relaciones estaban ya muy deterioradas. Hablaban por teléfono con cierta regularidad, las más de las veces para decirse trivialidades, que siempre sonaban de la misma manera:

— ¿Qué tal va todo?

— Bien, sin novedad.

— ¿Os hace falta algo? ¿Necesitáis más dinero?

— No, no te preocupes por eso. Nos sobra con la asignación mensual. ¿Y a ti cómo te va con Marta?

— Bien. Os manda recuerdos. Un día de estos tengo que ir por ahí. Os avisaré.

Amenazaba siempre con venir, pero nunca lo cumplió mientras Guillermo estuvo allí. Más tarde, su hermano le contó que había seguido con la misma amenaza hasta que volvió de verdad por la nochevieja de aquel primer año. Poco a poco la relación de los hermanos con su padre se distanció aún más hasta el punto de solo verse una o dos veces al año, a lo sumo. Con Miguel se veía más, al haberse quedado donde seguían viviendo sus abuelos, pero Guillermo fue separando la figura paterna de su ruta y sus planes de futuro paulatinamente. Hasta que resurgió con fuerza años más tarde, reencarnada en el drama de *El Patio*.

Cuando decidió dar un giro a su vida y establecerse en Madrid, lo hizo sacrificando un año de su carrera, que había empezado, pero sin mucho empeño, ni gusto, por lo que volvió a matricularse desde el principio al año siguiente, ya reencontrado con su amiga Ester. También convenció a Rafa para que trasladara su matrícula a Madrid y se fueran juntos, comenzando una vida ya de auténtica pareja. Se habían conocido algunos años atrás, cuando aún eran demasiado jóvenes, pero parecían estar convencidos de que eran la pareja perfecta y que ya nunca podrían vivir el uno sin el otro. Eran de una misma edad y tenían caracteres muy diferentes, pues mientras Guillermo se mostraba siempre muy sociable, abierto y alegre, Rafael era bastante tímido, lo que le provocaba tener un trato más hosco con los demás. No obstante, este defecto se compensaba con una apariencia tan hermosa que le abría casi todas las puertas sin llamar. Con una cara perfecta, propia de la estatuaria clásica y un cuerpo muy bien proporcionado no solo era difícil que alguien se le resistiera a ofrecerle lo que necesitara, sino que incluso llegó a tener problemas por los muchos y muy variados ofrecimientos que, sin que él los hubiera solicitado, le presentaban. Tantos años después del comienzo de aquella nueva vida, Guillermo no había podido olvidarle y, siempre que comenzaba una nueva relación, inevitablemente usaba el recuerdo de Rafa como vara de medir. Y era un rasero muy exigente, pues no había vuelto a enamorarse como entonces. Pero Rafa ya no estaba. Ni con él ni con nadie: había muerto en un accidente hacía ya algunos años.

Y algo de esa muerte se representaba también en la que estaba a punto de producirse en la ficción. En ese ejercicio catártico, Dam estaba matando a todos sus fantasmas, convocados a la vez en el escenario de aquel teatro.

La escena final de *El Patio* era de una dureza que sobrepasaba algunos límites, o, al menos, así lo habían manifestado sus intérpretes con sus reparos. El hijo acababa con la vida, ya frágil, de la madre.

Ese era uno de los puntos cuya discusión y preparación había generado más objeciones y dudas. Ya en el estreno absoluto, cuando aún Dam no se había incorporado al proyecto, tanto Luisa como Antonio no acababan de ver el encaje de una escena tan extrema como colofón a una larga lucha, que, si bien se hacía violenta y agresiva en muchos momentos, siempre se quedaba en lo dialéctico. Creían que no encajaba un giro tan radical como para que resultara verosímil aquello. ¿Cómo podría entenderse que aquel hijo, destrozado por los desprecios de su madre, sí, pero con una rabia ya dormida y escasamente productiva, se alzara sobre la figura materna, de gran debilidad física en ese momento, para acabar con ella? Costaba, opinaban los actores, dar un toque de verdad a aquel final, para que no se echara a perder todo el trabajo interpretativo previo.

Cuando Dam sustituyó a Peregrino en aquel papel, todo estaba ya perfectamente resuelto. Con la experiencia de las representaciones se habían procurado limar los cambios y giros que aparecían constantemente en el drama y se había conseguido que el vuelco final ajustara a la perfección con el resto de la trama. Así lo había entendido la crítica, alabando la que consideraban una perfecta secuenciación de aquel encuentro maternofilial y el colofón tan brillante que el dramaturgo había sabido colocar como cierre. Hubo quien, incluso, se atrevía a declarar que no existía la posibilidad de otro final, una vez visto todo lo anterior, que esa trama exigía esa coda y que el autor nada más había hecho que dejarse llevar. Así pues, Dam no planteó en ningún momento que aquello no debiera ser como era. No obstante, tampoco estuvo nunca convencido de la conveniencia de aquella escena final y así se lo había trasmitido a Luisa una noche después de la función en que alargaron la velada ante una copa mientras se contaban confidencias. Luisa, para entonces, ya no se planteaba si convenía más o menos o no convenía. Se limitó a explicarle:

— Antes de comenzar incluso los ensayos, pusimos muchas pegas a cómo se debía enlazar esa parte final con el resto, incluso si era pertinente ese desenlace. Antonio llegó a proponer que se cortara justo antes de que el hijo alcanza el cordón de la cortina y que cayera el telón en el momento que él se sitúa detrás de la madre, para que el público, en su imaginación decida libremente que es lo que tiene que ocurrir a continuación. Hubiera sido un final truncado muy sugerente. A mí no me pareció mala idea. Pero Darío se opuso con todas sus fuerzas. Para él era aquella la escena cumbre, había escrito todo, decía, para llegar ahí, a ese momento sacrificial, con regustos de tragedia clásica. Nos puso delante, en una larga enumeración que parecía haberse aprendido de memoria para un examen, todas las muertes gloriosas que se han escrito y representado en la escena a lo largo de la historia, y no solo en las tragedias griegas; y nos recordó que muchos espectadores veían en el teatro, no "un espejo en que vea la virtud su propia forma, el vicio su propia imagen, cada nación y cada siglo sus propios caracteres", como decía el gran Shakespeare,— y aquí, la Soto engolaba la voz recitándolo,— sino todo lo contrario, un espejo que pudieran atravesar, como la Alicia de Carroll, para descubrir maravillas que en sus aburridas existencias jamás tendrían oportunidad ni tan siquiera de imaginar.

Lo cierto es que aquellos actores habían hecho un trabajo encomiable para que ese último recodo de la historia entre la madre y el hijo fuera casi algo natural, esperable y que, a pesar de la sorpresa, no resultara mal cosido al resto.

Tras una salva de insultos y recuerdos que humillaban al hijo por parte de la madre y después de haberle restregado los sacrificios económicos que aún seguía haciendo por él para que no malviviera en aquella profesión, que no era tal, según ella y que lo mantendría siempre al albur de cómo soplaran los vientos, de continuo inestables, de ese mundo nada serio en el que se había metido, el hijo quedaba totalmente abatido en la parte delantera de la escena, mientras su madre se había sentado en el banco del fondo.

Era entonces cuando él, lentamente y en silencio, se acercaba a ella, rodeaba el banco y se ponía a sus espaldas. La madre no hacía el más leve movimiento. El hijo alcanzaba el cordón de una cortina que caía sobre el foro detrás de él y se preparaba con parsimonia para el sacrificio.

El público se removía indefectiblemente, entonces, inquieto en sus butacas, pues eran claras las intenciones. Alguna noche se oía algún sonido, mitad grito ahogado, mitad suspiro, procedente de la platea. Con ello ya se contaba, no era como el sonido de los móviles que desconcentraban y enfadaban, con razón, a los intérpretes. Esos sonidos de horror, de susto, de aviso o, a veces, de aprobación, que salían de entre el público, eran tenidos como parte del espectáculo y se podría decir que bienvenidos, para darle un mayor realce y, sobre todo, por mostrar a las claras cómo se había logrado implicar a quienes estaban tan ajenos a esa historia.

El hijo rodeaba el cuello de la madre con el cordón, a la vez que ella se echaba sus sarmentosas manos a la garganta en un gesto que no acababa de saberse bien si era de defensa o de ánimo hacia el autor de aquel acto infame. Sin bajar hacia ella el rostro, siempre con la vista perdida en el público, con los ojos arrasados en lágrimas, la boca desencajada y los músculos de los brazos, marcados de tal manera que le daban un aspecto de culturista en competición, apretaba aquel lazo, cubierto totalmente por las manos de ella, quien, al mismo tiempo, iba abriendo la boca y cerrando los ojos en el trance de lo que parecía una muerte más dulce que trágica. Se la oía decir entre estertores un "Gracias, hijo mío, Dios te bendiga", segundos antes de caer derrumbada en el banco, donde su cuerpo inerte quedaba abandonado y en una penumbra que se iba acentuando poco a poco para dejar ya solo un foco de luz que seguía los movimientos del hijo.

Este se acercaba a la parte delantera central de la escena con el cordón asesino en sus manos, como una ofrenda a los dioses, que se encontrarían entre el público, al que se dirigía, sin palabras, ofreciéndoselo. Las lágrimas seguían cayendo de sus ojos a la vez que ascendía una música suave, subrayando el momento y alargando la tensión, en buena parte liberada. El personaje volvía sus ojos hacia sus manos y poco a poco iba atenuándose la luz hasta que, con su desaparición completa, caía el telón.

Diez y cinco de la noche

— Voy a confesarte algo,— comenzó Mario, mientras se sentaba.

Habían llegado al restaurante con una puntualidad exquisita. A las diez en punto, y sin haberlo previsto reloj en mano, entraban por la puerta de aquel local donde Guillermo creía conocer a un camarero, aunque en ese turno no le tocaba trabajar. No obstante, le reconocieron, al haber hecho personalmente la reserva aquella misma mañana, y les llevaron a una mesa, la única libre en ese momento, en el centro de la sala. La clientela parecía muy tranquila, no se oían las voces elevadas tan propias de esa ciudad y que a Mario le resultan cada vez más desagradables, debido, sin duda, a los hábitos ya asimilados del país en que vivía.

— Voy a confesarte algo. En realidad, he aplazado el viaje un día para cenar hoy contigo. No sé si con esto estoy dándote una información que no debiera, pero no veo por qué tengo que andar fingiendo. Hace mucho tiempo que deseaba encontrarme contigo, solo que me parecía más una fantasía mía, un fabular de niño chico, que algo que pudiera ser posible. Vamos, que esto es como cumplir un deseo larvado desde hace tiempo. Y estas cosas pasan muy pocas veces en la vida.

— Eso quiere decir que a tu hermana le has dado largas para estar unas horas conmigo.— Dijo con cierto retintín Guillermo.— ¡Me siento halagado!— Y sin apenas transición, pero mirándole fijamente a los ojos y con una sonrisa que intentaba amortiguar el efecto en el humor de Mario de lo que iba a decir, continuó. — Confesión por confesión. Sé bastantes cosas sobre ti: que te espera tu hermana y su familia en un pueblecito de las montañas asturianas, donde naciste hace unos… ¿cuarenta años?

En ese momento apareció el camarero con la carta y les recomendó varias cosas, a la vez que les aconsejaba sobre la carta de vinos a petición de Mario, quien quiso saber sobre la diferencia en tres tipos de tinto que no conocía. Antes de retirarse, los dos eligieron el menú, pues solo iban a pedir un plato y les pareció muy indicado una de las recomendaciones que el jefe de cocina tenía para esa noche. Recogió sus cartas y les presentó las bebidas y los cubiertos adecuados para los platos que habían seleccionado. Cuando quedaron solos de nuevo, retomaron la conversación en el mismo punto donde la habían dejado, a pesar de que había transcurrido un buen rato en la charla con el empleado del restaurante.

— ¡Cuarenta años! ¡Qué amable!— Contestó Mario, al tiempo que no pudo dejar escapar una breve carcajada. — Ponle diez más. No es oro todo lo que reluce. ¿Pero cómo tienes tú esa información? No recuerdo habértelo contado ayer.

— Es que no me lo has contado. ¡Cincuenta años! A muchos de cuarenta les encantaría estar como estás tú.— Y tras una pequeña pausa siguió su repaso a la información sobre su acompañante. — Tienes solo una hermana y dos sobrinos que siguen viviendo en aquellas tierras de donde escapaste para acabar en París, trabajando en algún medio de comunicación, escribiendo artículos de todo tipo, casi siempre crónicas o críticas. Es muy fácil. Todo está en la red y no hace falta bucear mucho para encontrar todas las perlas que quieras. Ya sé que tú no tienes demasiados perfiles en redes, pero tus huellas te pueden llevar sin mayor problema a los de otras personas que hablan sobre ti. Tú no eres tan anónimo, afortunadamente.

Mario quedó un momento pensativo tratando de asimilar la información que podía colegirse entre líneas: si había investigado sobre él, era evidente que a ese chico también le interesaba su persona. Y eso solo podía responder a una cosa. A menos que hubiera algo oculto que no alcanzaba a ver todavía.

La noche pintaba bonita. Definitivamente había hecho bien en quedarse un día más en Madrid.

— Mi hermana, ya sé. Siempre le he dicho que no publique fotos mías sin avisarme, bueno, y aunque me avise. No me gusta andar rodando por el ordenador o el móvil de vete tú a saber quién. Lo cierto es que no me da miedo, porque no es material sensible, pero no me gusta exhibirme.

— En realidad llegué a ella a través de tu sobrino— Guillermo seguía revelando sus fuentes.— Lo tienes enlazado en tu perfil de Twitter y a veces ha interactuado contigo. Y, perdona, pero es que os parecéis muchísimo. No hacen falta apellidos ni ninguna otra información para saber que sois familia.

— Ya veo que hoy día es imposible el anonimato, la discreción, si decides entrar en alguna red.— Mario ensayó un enfado fingido que se notaba mucho que era falso.— Todo está ya muy conectado. Pero bueno, qué te voy a contar a ti, que eres una celebridad en internet. Supongo que así te evitas el tener que relatar a nadie buena parte de tu vida. Porque yo me sé bastante por haberte leído y te confieso que por eso me parece que ahora no estoy hablando con un casi desconocido, tanta información es la que has mostrado sobre ti a quienes te seguimos.

— ¡Pues no te creas!— Sonrió otra vez Guillermo, y esta vez no estaba seguro de que fuera a caer bien lo que se disponía a revelar.— No te enfades si te digo que sabes muy poco de mí. Es más, sabes casi menos que nada, porque aquello que has leído tienes que desaprenderlo para conocerme bien. Casi todo es pura invención. Soy bastante más pudoroso de lo que parece. Quizá es que también en la red soy actor, y por lo que veo, bueno. Si he sido capaz de engañar a alguien tan inteligente, es que lo hago bien.

Mario, aparte de encajar con satisfacción el halago, no comprendía o no quería comprender lo que estaba escuchando. ¿Cómo que pura invención? ¿Qué le iba a contar ahora?, ¿que no era él el que escribía sus tuits? Todo sonaba ya a demasiada farsa. Pero intervino para animarle a que dijera todo lo que quisiera revelar, aunque antes dejó tiempo, pues llegaban ya los platos que habían pedido, para que, de nuevo, volvieran a quedar solos.

— ¿Engañarme? ¿Y por qué?, ¿qué necesidad tienes de eso? ¿Te has inventado todas las historias que publicas regularmente en Twitter? Te advierto de que eran lo que me había cautivado sobre ti. A ver si tengo que arrepentirme de esta cena.— Concluyó con un guiño de ironía.

— Supongo que te darías cuenta de que muchas son pura literatura. Son pequeños cuentos en que dos o más personas evolucionan siguiendo los parámetros normales de una narración clásica. Tienen presentación, nudo y desenlace, diríamos.

— Sí, claro. Las anécdotas que cuentas de otras personas se ve que son invenciones, incluso en algunas de ellas lo dices claramente al principio o al final. Pero aquellas en las que hablas de ti o tu familia parecen perfectamente reales.

— Podrían serlo. Ese era mi reto, saber hasta dónde podría hacer creer a quienes me conocen como actor o como tuitero solamente que esas historias eran mías y no fruto de mi fantasía. Mis verdaderos amigos, que no son tantos como la gente cree, saben bien cómo es y ha sido mi vida. No me gusta a mí tampoco exhibirme sin pudor y, además, mi historia no me parece tan interesante. Si puedo inventarme una, me la invento. No todo en este mundo es tan fácil, ¿no?

— ¿Me estás diciendo que aquel cuento sobre cómo saliste del armario en casa, y las reacciones de tu familia no es más que eso, un cuento? — Se asombró Mario. — Pues era muy divertido. Creo que te pega bien, eres ingenioso.

— Por eso me lo inventé, para probar mi ingenio. Por supuesto que no es verdad. Nada de eso es verdad, ¡ojalá lo fuera! En ese aspecto, desgraciadamente, mi historia es más parecida a la que viste ayer en el teatro.

Mario entonces casi se atraganta. Recordó que por un momento había pensado lo distintas que eran las realidades de la escena y del actor que daba vida a aquel personaje y entonces sí tuvo la sensación de estar ante una persona desconocida. Sentía que aquel Dam, que primero se había convertido en Guillermo, ahora estaba tomando otra nueva identidad que ya no sabía en qué acabaría transformándose. Y le daba un poco de miedo. De todas formas, paradójicamente, su encanto iba en aumento.

— ¡No puede ser! Precisamente pensaba mientras lo veía, mientras te veía representar ese papel, lo duro y ajeno que te habría resultado prepararlo, meterte en la piel de ese joven atormentado. ¿Qué tiene de similitud contigo ese drama? O la procesión va por dentro y la has sabido disimular muy bien, o hablamos de algo que ya hace tiempo que has superado.

— Un poco las dos cosas, pero mucho más la segunda. Aquello pasó hace casi veinte años y no tengo ninguna cicatriz ya, al menos eso creo. Pero sí, también en mi familia hubo quien me rechazó de plano y me dio de lado, pero no es algo que me importe ya mucho.

— ¡Vaya! Yo, pensando que habías tenido una adolescencia la mar de feliz, tan distinta a lo que otros de mi generación tuvimos que pasar, de lo cual yo me alegraba, y ahora va a resultar que aquello fue peor que nada de lo que yo haya vivido.

— No sé lo que tú viviste, hasta ahí no pude ver nada en el Facebook de tu hermana. — Respondió Guillermo con un gesto pícaro. — Pero en mi caso solo te digo que mi padre aún no lo ha aceptado. No me importa, porque casi no forma parte de mi vida: nada de la presente, muy poco de la pasada y no tengo ninguna esperanza de que vaya a estar su figura en la futura. Y, por cierto, ya que veo que dabas por verídica la versión de mi vida en aquel hilo, te informo antes de que me preguntes de que mi madre murió cuando yo tenía quince años. Ya no vivió para cuando se produjo el "anuncio", — e hizo el gesto de las comillas con las manos mientras pronunciaba silabeando la última palabra. — Ya ves que mi adolescencia no dio para una comedia como la que relaté en aquella ocasión. Pero, era buena, ¿verdad?; la historia, digo.

— ¿Eh?, Sí, sí, era buena, era divertida. Lo sabes, porque tuvo muchas reacciones y todas te aplaudieron la gracia al contarla.— Mario quedo pensativo y después de unos segundos, volvió a la carga. — ¿O sea, que nada de lo que cuentas en redes es cierto?, ¿ni tampoco lo fue la obsesión por el Coliseo? Ya me resultaba demasiado raro que alguien tan joven hubiera leído aquella cosa que ya casi ni recordaba y que no debió tener más allá de unos cien ejemplares.

— No, sí, eso sí es verdad, ¿cómo, si no, podría conocer la historia? — Se apresuró a corregir Guillermo. — Leí aquella novelita, sí, pero lo demás también salió de mi mente. La obsesión que me impedía visitar el monumento, me refiero. Eso no es verdad, es solo un juego. Estoy en Twitter y tengo miles de seguidores, si quiero cultivar ese jardín debo echarle abono, variado y abundante. Y eso es lo que hago: invento, juego, comento, comparto, enlazo, me enfado, celebro y todo lo que pueda significar avivar el fuego, o, al menos, no permitir que se apague. En este mundillo, si no estás siempre dando fuelle a esa lumbre, se te apaga. Nadie tiene tanto que contar. Si yo tengo éxito es porque voy dando carnaza de vez en cuando en forma de pequeñas historias. Inventar no me cuesta demasiado, se lo debo a mi tía y sus libros, que me llenaron de historias esta cabeza cuando más las necesitaba.

— Me estás diciendo entonces, que todo lo que yo creía saber de ti no es verdad, que eres otra persona. Claro, ni siquiera te llamas Dam, fue lo primero que me dijiste.

— Ni tengo treinta y cinco años. En realidad, tengo dos más, pero eso son pecadillos que se perdonan; esas mentiras se dan por supuestas.

Guillermo mantuvo la mirada fija en los ojos de Mario esperando alguna reacción. Mario solo sonrió y se encogió de hombros dando a entender que nada podía oponer. Al fin y al cabo, no le mentía a él, sino que él se había dejado engañar por un personaje creado con un objetivo que no había sido replicarse tal cual era en la vida real. Claro, que a veces tenía dudas sobre cuál de las dos vidas sería más real. Como Mario no decía nada, continuó.

— Te he decepcionado, ¿verdad? Lo siento, no era mi intención. Ayer empezaste creyendo que no era necesario que me presentara, porque ya conocías mi nombre y muchas más cosas. Cuando te dije que me llamaba Guillermo, comencé a desnudarme para ti. Perdona la metáfora tan cursi.

— ¡Y tan provocativa!

— Y un pelín provocativa, es cierto. Pero fue así. Me habías visto con mis mejores galas, o con mi mejor disfraz, ya no sé. Ahora me lo estoy quitando, porque no me importa, es más, me apetece que me veas como soy.

— No, no me has decepcionado, puede que sea al contrario, te hace más encantador, — aseguró con sinceridad Mario, — pero me gustaba pensar que aquellas historias que contabas te habían pasado de verdad. A veces, me compadecía de ti, en el buen sentido, sentía contigo tus alegrías, tristezas, decepciones. ¿Ni una solo tenía algo tuyo?

— Una solo. La historia de Salvador. Me dolió tanto, me sentí tan defraudado que decidí contarlo públicamente, aunque ya haya pasado mucho tiempo. Ni siquiera le cambié el nombre. Se llamaba así. En realidad, lo que me hizo daño no fue descubrir quién era de verdad, sino la sensación de haber sido engañado y un sentimiento de fragilidad que me quedó durante mucho tiempo.

— ¿Es el hombre que más te ha marcado?,— quiso saber Mario.

— No.

Y aquí hizo una pausa que aprovechó para meterse tres bocados del plato que se estaba comiendo con bastante parsimonia. La pausa se hizo demasiado larga y, como consecuencia, bastante tensa. Pero Mario no quiso interrumpir sus pensamientos y dejó que finalmente se decidiera, pues estaba claro que quería contarlo. Como así ocurrió.

— El hombre de mi vida ya no existe, murió en un accidente de tráfico hace años. Fue mi primer y único amor, al menos eso creo. El primero, desde luego. Nos conocíamos desde pequeños y cuando teníamos unos dieciséis años y empezamos a descubrir el mundo de los adultos, cosa que hicimos juntos, supimos que no necesitábamos explorar demasiado, porque el amor lo teníamos delante. Éramos muy jóvenes, pero ha pasado el tiempo y sigo pensando que no fue solo una ilusión infantil. Vivimos juntos los primeros problemas en aquella ciudad provinciana y algo pacata, pero ni él ni yo teníamos miedo a mostrarnos unidos y felices. Quizá la inconsciencia también puso algo de su parte, pero lo cierto es que, salvo algún desubicado, que siempre hay, claro, no hubo dramas ni desencuentros con la gente con la que normalmente nos relacionamos. Cuando mi padre se negó a reconocerme en mi forma de ser y evitó cualquier referencia a mis gustos y apetencias, decidí, supongo que como un gesto de rebeldía, llevarlo conmigo casi siempre a nuestros encuentros, que cada vez se hacían más espaciados. Creo que, aunque nunca lo dijo, ni lo reconocería jamás, a mi padre le gustó mi chico siempre, pero sus convicciones, si así se podía llamar a lo que tuviera en aquella cabeza, le impedían aceptarlo.

Calló y bajó la mirada que hasta ese momento había mantenido fija en su interlocutor. No lo contaba con tristeza, aunque se vislumbraba cierta pena por una felicidad pasada difícil de recobrar. Mario no intervino, le dejó hablar y también mantuvo el silencio mientras le hacía gestos al camarero, que en ese momento se dirigía a su mesa, para que no se acercara, haciéndole saber que todo estaba en orden. No quería que se les interrumpiera en ese momento que se había puesto más íntimo de lo que hubiera imaginado cuando le hizo la pregunta. Guillermo, al cabo, continuó.

— Nos vinimos juntos a Madrid y alquilamos un piso de estudiantes nosotros solos, donde descubrimos las amarguras de la convivencia y lo prosaico que resultaba estar siempre pendientes de las tareas domésticas, las compras, los pagos, las averías. Pero éramos muy jóvenes y nos comíamos el mundo. Nunca había imaginado mi vida sin él y creía firmemente que él tampoco iba a poder prescindir jamás de mí. Vamos, que creíamos que así sería ya para siempre. Supongo que esa es la única eternidad del amor cuando es tan intenso, su cualidad de efímero. Un día dejó de ser eterno y a mí se me cayó el mundo. Con tranquilidad, triste, pero tranquilidad, me dijo que se había enamorado de otro.

Mario se atrevió entonces a extender su mano hasta posarla sobre la de Guillermo. Le pareció un gesto más cinematográfico que conveniente, pero cuando quiso pensar lo que estaba haciendo ya era tarde; Guillermo le había aprisionado la mano con la suya. Pensó que le estaba obligando a recordar cosas que no quería y reaccionó con rapidez.

— No tienes que contármelo. Supongo que no es agradable volver así, de repente, a sentir esos malos tragos. Te hice una pregunta por seguir la conversación, pero me estoy empezando a sentir mal, a sentir culpable de que sufras recordando sin necesidad.

— No te preocupes. Fue muy duro en su momento y lo cuento intentando transmitir los sentimientos que me angustiaban entonces, pero lo tengo ya archivado en algún rincón: agua pasada no mueve molino. En todo caso son mis propias aguas, tú no tienes culpa. No olvides que soy actor y sé representar. En escena y fuera de ella.— Y compuso una leve sonrisa de malicia. — Eso ya lo has comprobado entre ayer y hoy.

— ¡Desde luego! Entiendo, entonces que no tienes pareja. Pero habrás tenido otros hombres, ¿no?

— He tenido otros, claro, pero no he llegado nunca a imaginarme un futuro común con nadie más. Incluso mantuve una pequeña esperanza, un tiempo en que ni siquiera a mí mismo me reconocía, de que volviera a mí. No ocurrió eso. Cuando se mató, acababa de romper con aquel hombre del que se había enamorado; no habían pasado apenas dos años. En realidad, no le volví a ver. Toda la historia la supe por amigos comunes. Parece que el otro hombre era bastante mayor que él y que se cansó enseguida, una vez le sacó todo el jugo de los primeros momentos de pasión.

Guillermo terminó la frase y continuó con los ojos fijos en los de Mario, quien supuso que le estaba queriendo decir algo que o no se atrevía o no era agradable, tal como había discurrido el relato. Por eso, este quiso cambiar de tema con rapidez, pensando en que ya volverían a ello, si era necesario más adelante. Quiso corresponder con algo personal.

— Yo he tenido tres relaciones a las que podamos dar tal nombre. Una que se convirtió casi en matrimonio, con cuernos incluidos; me duró mucho tiempo, pero yo ya era mayor de lo que tú has contado. Seguimos viéndonos de vez en cuando, pero él ya está casado; fueron él y su marido una de las primeras parejas de hombres del país en casarse. Su relación actual se debe de parecer mucho a la que tuvo conmigo, porque las infidelidades son habituales; y no es porque me lo cuente, sino porque me lo demuestra. No siempre, pero algunas de las veces que nos hemos visto hemos acabado en la cama. La segunda relación duró poco más de un año; en ella sólo había pasión, al menos por mi parte. Nunca llegué a verle como formando parte de mi vida, en realidad. El sexo con él era lo mejor; aún sigo recordando nuestras luchas nocturnas. Creo que no dejamos de practicarlo ni un solo día durante el tiempo que estuvimos juntos, claro que era más joven que yo y se notaba en la energía y la disponibilidad constante. Es lo único que echo de menos de él, porque nunca nos entendimos, aunque él siempre aseguró que estaba enamorado de mí como nunca lo estaría de nadie. Tuve que cortar antes de que aquello se hiciera más difícil. La tercera fue a distancia. Nos conocimos a través de una de estas aplicaciones; cada uno vivíamos en países diferentes, yo aquí en aquel momento y él en Holanda, aunque era portugués. Estuvimos juntos tres años, pero en total nos veríamos tres semanas, si juntamos los días. No tenía sentido y decidimos buscarnos la vida por otro sitio.

— ¿Y cuándo acabó esta última historia?— Quiso saber Guillermo.

— Hace ahora justo dos años. ¡Y tan feliz!; no me angustia la soledad, también es una elección vital.

— O sea, que no debo pedirte en matrimonio,— bromeo Guillermo. — ¡Qué lástima, vaya! Y yo haciéndome ilusiones.

— Pero si tú tienes a una legión de candidatos y candidatas a tu puerta llamando. No hay más que leer lo que te escriben en las redes. Eres un auténtico encantador de serpientes.

— Y eso que a ti no te llegan los mensajes que me envían en privado,— añadió haciendo un gesto que indicaba lo increíble de sus contenidos.

— Imagino. Bueno, en realidad, no imagino nada, yo no recibo de esas cosas. Ahora que lo dices, supongo que los que tenéis otra vida virtual, digamos, con tantas interacciones y redes de amigos y conocidos, lo que se ve a simple vista quizá solo sea la punta del iceberg.

— Depende de los casos, pero un poco sí. Cada día recibo cientos de mensajes y ya he aprendido a leerlos a la velocidad del rayo. Supongo que muchos se me escaparán, pero estoy entrenado para detenerme en los que merecen la pena, y de esos hay muy pocos, algunos días ninguno. Me insultan, me piden relaciones, sexo, matrimonio, dinero, favores. Algunos creen vivir en esta nube y me hablan como si fuera de su familia porque me leen antes de dormirse y nada más despertarse. Los únicos interesantes son los que me corrigen o indican alguna cosa que dé juego para publicar, los que me dan más datos sobre alguna discusión importante en la que he participado ese día. Pero, en todo caso, esto va muy muy deprisa: los temas envejecen en dos días o menos, a veces, en horas. Y en Twitter, que es de lo que tú me conoces, aún hay vida más allá de un par de días; en Instagram, por ejemplo, son minutos.

— ¿Te hace feliz este juego?— Preguntó con seriedad Mario.
— Cuando veo cuentas como la tuya, con tantos seguidores, siempre pienso que debe de ser estresante; pero si existen, algo habrá que compense, digo yo.

— Por supuesto. Cada quien tendrá sus razones. Yo no sabría decirte; me metí un día y al cabo de unos meses interactuando con gente bastante influyente en la red comencé a tener seguidores. Un día se me ocurrió publicar una historia en forma de "hilo" y sorprendentemente gustó mucho, aunque no tanto al principio como con el paso del tiempo; todavía hoy sigue siendo una de las historias con más lectores, incluso me proponen que la transforme en algo con más entidad, una novela, por ejemplo. Tú mismo, ayer, me animabas a que diera el salto a otros formatos. La cosa es que, cuando quise reaccionar, ya estaba metido de lleno y no te voy a negar que me gusta, a pesar de todo; me halaga la vanidad, aunque en mi caso es probablemente lo que menos me empuja a seguir; me mantiene ocupado en varios temas; me obliga a escribir historietas, recuperando antiguas vocaciones dormidas. Y me permite conocer a gente llamativa, muy a menudo fascinante, a veces incluso, en persona.

En ese momento dejó claro a Mario que eso iba por él y que no lo decía por obligada cortesía. Se encontraba muy a gusto en ese momento. A pesar de ser un personaje conocido en las redes sociales, no solía encontrarse en el mundo real con gente dispuesta a escucharle lo que quisiera contar, como estaba ocurriendo ahora. Había comprobado hacía tiempo que la mayoría de las personas solo van a lo suyo, solo les importa su vida y piensan, además, que es tan interesante como para que los otros pierdan su tiempo escuchándoles relatarla. Toparse con alguien que pregunte, se interese, escuche, indague, es en estos tiempos tan extraño, que o ese alguien es policía o tiene algún trastorno mental del que, quizá, debas huir. Guillermo había encontrado en esa otra vida virtual una nueva forma de comunicarse, de contar y de que los otros escucharan, leyeran, en este caso, y esa era una de las virtudes más importantes que pensaba que tenía ese medio. Estaba comprobándolo en ese mismo instante. Hablaba con una persona, desconocida hasta hacía apenas veinticuatro horas, que lo sabía todo de él, aunque, en ese caso, ese todo era solo virtual, nada real.

Mario quiso ejercer de fiscal en ese juego, ya que Guillermo, como es lógico, por otra parte, había asumido la función del abogado defensor:

— Los que hemos vivido buena parte de nuestra vida y especialmente nuestra juventud solo en un ámbito analógico, nada digital, pensamos, quizá equivocadamente, que ese mundo nuevo es la quinta esencia de la vacuidad y que es pasajero, como cualquier otra moda. Aún albergamos en algún rincón oscuro de nuestro pensamiento la idea de que nuestro mundo volverá a ser como antes de esta loca carrera de universos virtuales. Nada en ellos es cierto, o muy poco, y lo que me estás contando me lo demuestra. En general produce frustración y sobreactuaciones, que luego se trasladan a la vida cotidiana. Es todo puro sentimiento, o más bien sentimentalismo, sin casi nada de reflexión, porque el sentimiento vende mucho más. ¿Acaso puedes contar para algo con toda esa maraña de seguidores que te leen diariamente y que pueden estar tan alejados de ti, por edad, formación, apetencias, intereses, ideas, como ni siquiera te imaginas?

— Claro que no puedo contar con ellos. Y nuestra relación es tan débil que en el momento en que algo les desagrada, y puede ser una auténtica minucia, con un *clic* desaparecen de mi vida y yo de la suya para siempre. Y sé de lo que hablo, porque me comunican a menudo que se han "enfadado". Pero no hay que subestimar este mundo, porque para muchos es tan real como el que se suele considerar real. Ya hay generaciones que lo han integrado en su día a día con plena normalidad y viven, actúan, se comportan, incluso trabajan para ese mundo virtual, que consideran el auténtico.

— Sí, desde luego. Tengo un amigo cuya mujer le ha obligado a comprar una casa en una población a casi cien kilómetros de donde ambos trabajan solo porque las fotos en las redes sociales en donde ella se mueve quedan mucho mejor en aquel marco, en aquel entorno. Sus amigas están muertas de envidia por esa felicidad que siempre muestra, a la que contribuye, ¡cómo no!, el lugar donde residen. Lo que no saben esas amigas es que el marido de esa mujer, y también ella, maldice cada día que tiene que levantarse horas antes de lo que hubiera sido necesario para poder llegar al trabajo, sólo para que las fotos que muestran al mundo, siempre con comentarios melosos, exagerados, destilando contento y satisfacción plena, sean las ideales para que ese mundo constate lo alto en el escalafón de la dicha al que han llegado. ¿Cuántas muestras de tristeza, de pena, de hastío, de cansancio, de asco, de odio, no vemos en esas fotos porque se producen tan solo un segundo después de haber presionado el botón de la cámara?

— No estés tan seguro de que la vida real sea la que pensamos que es.— Parecía ponerse filosófico Guillermo. — Y no quiero entrar en discusiones profundas sobre la realidad. Me refiero a que para esa mujer de la que me acabas de hablar es, tal vez, más importante su vida en la red. Eso es lo que le hace feliz de verdad, que, en definitiva, es lo importante. Si se acuesta todos los días satisfecha por las reacciones del resto del mundo a lo que muestra en internet, no veo qué tenemos que objetar. Yo me he construido un personaje que tú ahora has desenmascarado, pero ese personaje existe de verdad, de la misma forma que existe el personaje que yo interpreto cada tarde en el teatro, al menos mientras lo interpreto. Si alguien es capaz de llorar, pongo por caso, viéndome discutir con mi madre en el escenario, si alguien es capaz de odiarme en el momento que acabo con su vida, es porque, de alguna manera, existo. Y no soy Dam, ni Guillermo, soy *el hijo* acorralado de una enferma que me humilla y me maltrata hasta obligarme a matarla.

— Yo creo que hay una gran diferencia y es que en la vida real no se puede decidir ser o elegir actuar; al menos tan fácilmente como en los otros planos de los que me hablas. Lo que tú representas en escena cada tarde como actor lo podéis cambiar, tú, el director, o el autor, cuando queráis. Eres consciente de que si hablas y te comportas como lo haces es porque puedes hacerlo de otras maneras. En tus historias tuiteras has decidido tú quién eres y qué haces, incluso qué has hecho. No creo que puedas hacer eso en la vida real; puede que tengas algún control sobre tu vida, no mucho, pero ninguno sobre las de los que te rodean. Tu madre murió y tu padre te rechazó y no creo que tuvieras tú nada que ver en eso; sin embargo, yo conocía una historia en la que tus padres, encantadores ambos y tremendamente comprensivos, habían organizado una fiesta para celebrar tu salida del armario.

— ¿Y cuál te pareció más auténtica?

— Da igual lo que a mí me parezca.— Contestó Mario. — Es auténtica la auténtica.

— ¿Estarías ahora aquí conmigo si no hubieras conocido a aquellos padres comprensivos celebrando mi salida al gran mundo? No lo creo. Tú te has sentido atraído por una realidad; y es real en cuanto te ha hecho reaccionar de una manera. Y no sé tú, pero yo la tengo por más real que muchas otras cosas que me han pasado en carne y hueso, porque nunca, desde hace tiempo, había sentido lo que estoy sintiendo ahora aquí hablando contigo.

Mario lo miró con una sonrisa y volvió a acercarle la mano a la suya. En esta ocasión no tuvo que recorrer tanta distancia como la primera vez, pues la mano de Guillermo salió también al encuentro de aquella. Le dijo, ya sin tono de burla:

— ¿Te estás declarando?

— ¿Acaso necesitaba hacerlo? Creo que están muy claras mis intenciones hacia ti, de la misma forma que lo están las tuyas. No hacía falta que me lo hubieras dicho, ni insinuado hace un rato. Si estás aquí y no con tu familia, que te esperaba ya desde ayer, es por algo. Y, por cierto, lo que te ha retenido no es, creo, lo que conocías de la realidad, más bien es lo que entre tú, imaginando, y yo, inventando, habíamos creado en otras dimensiones. Porque de eso se trata, de crear algo que compense lo que tienes y no te gusta.

— Vamos, que se cumple el dicho de "dime de que presumes…"— Interrumpió Mario.

— Claro, pero, como digo, de eso se trata, de crear una vida alternativa o complementaria; si no, ¿de que serviría? Siempre hemos podido fingir, engañar, aparentar. Pero ahora, afortunadamente, podemos hacer estas trampas mucho mejor, con más realismo y sin correr apenas riesgos. Antes teníamos pocos recursos, ahora tenemos más y mejores. Elegimos cada uno lo que queremos ser para los demás. Hay gente que solo vive en la virtualidad de la red y que lo han aceptado con mayor o menor grado. ¿Cómo entender si no a esas personas que confiesan no moverse de su casa, que se pasan casi todas las horas del día frente a las pantallas de sus dispositivos interactuando con sus seguidores, que siempre les piden más? No creo que se pregunten si podrían ser más felices de otra forma, porque para ellos no hay otra forma posible de vivir, o al menos, de vivir bien. A la mayoría de nosotros puede parecernos penoso, pero ellos han elegido esa vida.

A Mario le parecía interesante el derrotero que había llevado la conversación; no en vano se había encaprichado de ese chico al conocerle a través de ese medio que ahora estaban diseccionando, pero pensaba que ya no había mucho más que decir. En el fondo comprendía los argumentos de su acompañante y estaba de acuerdo con él en casi todo, solo que no se daba por vencido aceptando que el mundo en el que vivía ahora pudiera ser una mezcla difícil de separar entre lo real y lo virtual. Le vino a la mente una comparación que explicaba bastante bien lo que entendía finalmente sobre todo este asunto y así se la expuso a Guillermo:

— Cuando era niño solía ayudar a menudo a mi abuela a escoger las lentejas para preparar la comida del día siguiente. Aquellas legumbres, recogidas en los campos de pueblos no demasiado lejanos, veníαn mezcladas con todo tipo de impurezas y elementos desechables, tales como piedrecitas, espigas, trozos de hierba seca y, a veces, algún que otro ser animado que debíamos separar. Era una tarea divertida, pues mi abuela nos contaba a los nietos que ayudábamos en la tarea historias y chistes antiguos que nos divertían mucho. Siempre me recuerdo a mí mismo entonces devanándome los sesos sobre quién había decidido lo que habíamos de separar y lo que servía para echar en la cazuela, pues en mi ingenuidad infantil, creía que todo podría cocerse y tendría sabores distintos, pero agradables. Quizá estamos construyendo un mundo en el que cada vez más debemos separar las lentejas auténticas de las demás impurezas para poder finalmente preparar un plato rico y nutritivo. Las nuevas redes en las que se desarrollan hechos, vivencias y caracteres paralelos están generando demasiada maleza que hay que escoger, como las lentejas, pero con más destreza y atención, si no queremos que el plato resulte indigesto al final.

— De acuerdo. — asintió Guillermo. — Solo pongo una objeción. Tal vez haya que escoger con buen tino, pero no estoy seguro de que las mejores lentejas sean solo aquellas producidas y crecidas en la “vida real”. Pienso más bien que tendremos que acostumbrarnos a que estos nuevos sucedáneos de nuestras vidas aburridas y tediosas, u otros análogos, han venido para quedarse; no son algo ocasional que desaparecerá y volveremos al mundo de ayer, como bien señalabas antes. Las generaciones que desprecian, se burlan e ignoran estas redes, casi siempre por desconocimiento, creen que el mundo de ayer no ha muerto, que está agazapado, oculto, esperando a que la sociedad se canse, se harte de esta realidad superficial y entonces volverá a emerger con fuerza, pero no lo creo. Cuando vayamos a escoger lentejas para hacer un guiso, deberemos elegir las buenas entre todas las opciones que tenemos, no solo las que nos da la realidad tradicional. La esencia del guiso ya está muchas veces en la red, más que en la aburrida cotidianidad.

— Y, sin embargo, tú rechazaste de plano la selección que te había ofrecido Salvador, si la historia fue como la has contado.

— Desde luego. Pero porque él no me mostró todas sus cartas para que yo pudiera seleccionar. Del saco de lentejas, solo extrajo una parte y me ocultó lo que de verdad estaba pasando. Cuando pude ver el contenido de todo el saco, entonces no me gustó y lo rechacé.

— Tú haces lo mismo mostrándote en la red solo como Dam e inventándote historias sobre ese personaje.— Objetó Mario.

— Pero esa es una pose para los que no van a conocer nunca a Guillermo. Quienes dan ese paso, quienes me conocen, como tú ahora, descubren toda la otra realidad. Entonces eligen y deciden, o viceversa. Ya ves que no he intentado en ningún momento ocultarte la realidad, aunque chocara con lo que ya sabías, y yo sospechaba que ya sabías.

Siguió un silencio en el que Mario no supo qué decir. La sinceridad de aquel personaje, célebre en las redes sociales, conocido por medio país como tuitero y como actor, con una vida inventada muy bien cultivada y cuidada con esmero, le tenía bastante desconcertado. Tenía claro que se sentía atraído por él de la misma forma, o parecida, que él mismo estaba interesado en Guillermo, pero no esperaba que tuviera puestas esperanzas en que aquello fuera a dar más de sí que una noche de pasión, y eso no estaba siquiera claro aún. Como no parecía que fuera a haber más respuesta por parte de Mario, Guillermo preguntó al fin:

— ¿Cómo encuentras entonces estas lentejas? te dan para un guiso o tienen demasiadas impurezas?

— Creo que estarán deliciosas.— Respondió Mario. — No sé muy bien cuánto de Dam y cuánto de Guillermo hay en la persona que tengo enfrente, pero sé que me gusta así. Me gustabas como Dam y creo que aún me atrae más todavía el Guillermo que estoy conociendo. Supongo que para un guiso sí habrá cantidad suficiente.— Bromeo Mario, y ambos se rieron a gusto.

— Entonces.— Añadió Guillermo. — Habrá que ir preparando la olla, ¿no?

Llamaron al camarero para que les pasara la cuenta y mientras tanto se enredaron en una conversación sobre las costumbres a la hora de pagar y la cuantía de las propinas en los distintos países en donde habían vivido. Guillermo contó varias anécdotas que le sucedieron en Irlanda, tanto como camarero, trabajo que desempeñó durante un par de meses, como en el papel de cliente. Aprovechó entonces para contar a Mario su experiencia irlandesa, que, se lamentaba, ya tenía demasiado lejana y olvidada, igual que el inglés que había aprendido entonces. Mario, por su parte, le explicó las costumbres francesas sobre ese particular y alguna que otra anécdota que le había ocurrido en sus frecuentes viajes a los Países Bajos durante al noviazgo con aquel portugués. Esto les llevó a intercambiar información sobre los viajes que habían hecho y las ciudades en las que habían vivido a lo largo de sus vidas, sin demasiada profundidad ni detenimiento, pues, en cuanto tomaron el chupito, cortesía de la casa, que les había ofrecido el camarero con la cuenta, se levantaron y salieron afuera, donde no hizo falta tener que decidir sobre cuál sería su próxima estación. Aunque la casa de Guillermo estaba a menos de cincuenta metros en esa misma calle, este se dejó llevar por Mario, que encaminó sus pasos, mientras seguía hablando del último viaje que había hecho a varias ciudades italianas, hacia su hotel, que tampoco caía demasiado lejos.

Una menos veinte de la madrugada

El vestíbulo del hotel estaba en penumbra. No se veía ser humano por ninguna parte, ni siquiera había alguien en ese momento en recepción, a pesar de que la puerta estaba aún abierta y podría entrar libremente cualquiera. Se oía algún ruido de cajones en el cuarto anejo, por lo que parecía que el recepcionista nocturno estaría dentro. Esperaron al ascensor sin cruzar palabra y solo mientras les subía a la cuarta planta, donde tenía asignada su habitación, Mario le hizo una caricia a Guillermo en la barbilla, que le provoco una sonrisa y un comentario trivial sobre la cena que acababan de terminar. Llegaron a la habitación, cuya puerta abrió Mario con su tarjeta magnética. Tras colocar esta en la ranura para conectar la electricidad, invitó a Guillermo a pasar a continuación y cerró la puerta detrás de él.

Se fue directamente al baño dejando a solas a su acompañante, que aprovechó para quitarse la bufanda y la cazadora y dejarlas arrumbadas en el rincón más cercano. Mientras le esperaba, tuvo tiempo también de desprenderse con calma de los zapatos y calcetines. Mario salía en ese instante del baño, ya con solo la camiseta y el pantalón, pues también se había liberado de las demás prendas que traía puestas. Guillermo se abalanzó sobre él con menos suavidad de la que había ensayado en su imaginación y, sin tener en cuenta que en ese momento parecía que iba a iniciar una frase, le cerró la boca con un beso apasionado que obligó al otro a reaccionar de la misma manera. No podía aún creer lo que estaba empezando a suceder en ese instante, tanto era ya el tiempo y tan grandes las ansias, que había estado cultivando en los últimos meses, de que algo así pasara. Se confundieron en un apretado y largo abrazo en el que iban recorriendo con las manos cada centímetro de la espalda del contrario. Se detuvieron en una primera exploración, avanzadilla de lo que después vendría ya acompañado de labios y lengua, en cada recoveco, en cada saliente y cada músculo, que les invitaba a la caricia, a apreciar la textura de cada palmo de piel. A Mario le volvían loco las espaldas bien formadas y la de Guillermo lo estaba sin ningún género de dudas. Se notaba ahí, más que en ningún otro lugar, la labor de horas de gimnasio machacándose con repeticiones de movimientos monótonos día tras día.

Guillermo se quitó la camiseta y descubrió su torso joven, musculado y con una ligera capa de vello, aunque repasado con maquina rasuradora no hacía demasiado tiempo. La erección de ambos en ese momento era ya considerable, por eso Mario sintió que su animal quería romper el pantalón, liberarse y recorrer también él, como si fuera un ente independiente, cada ondulación que mostraban el pecho y abdomen de su compañero. Este arrancó a su vez la camiseta de Mario y se lanzó sin hacer siquiera una leve exploración general del conjunto, a degustar con detenida delectación su pezón derecho, que se ofrecía ya en todo su esplendor, rodeado de vello, que en esa zona empezaba a ser entrecano, pero que aún conservaba en su mayor parte tonos de un negro brillante. El olor de su piel se le fijó en la parte de atrás del cerebro y ya no desapareció en toda la noche; era una mezcla del raro perfume que usaba y un leve sudor varonil que encendía todas sus luces rojas. Le lanzó sobre la cama y le pidió con un dedo que se dejara hacer.

Recorrió su cuello con suaves besos de izquierda a derecha, y con la lengua, que debía humedecer a cada segundo, de derecha a izquierda. Comenzó entonces un trabajo minucioso de exploración que le llevó de un pezón a otro con la boca, mientras sus dedos no dejaban sin testar cualquier rincón de su abdomen, hasta que se adentraron en las profundidades de la zona más deseada. Allí esperaba una sorpresa enormemente crecida con una dureza que impedía cualquier maniobra posible, si antes no liberaba la zona del pantalón, cosa que hizo con cierta dificultad. Entonces apareció ante sí, enorme, aquel regalo con su cabeza oculta aún a medias, donde ya se mostraba sin pudor una considerable mancha de humedad producida por el líquido precedente que había empezado, bien claro se veía, hacía un rato ya a liberar su néctar. Guillermo, que ya se veía convertido en uno de aquellos dioses del Olimpo, hizo ademán de lanzarse a por tan rico manjar con la boca entreabierta y un leve suspiro de placer anticipatorio, cuando Mario elevó su torso hasta quedarse sentado en la cama a la vez que atraía hacia sí a su amante con tanta fuerza que no pudo hacer nada por controlar su movimiento. Cayeron ambos de nuevo sobre la cama y Mario, sin dar tiempo al reposo, volteó el conjunto que formaba la pareja, ya convertida en un solo amasijo de carne y músculo, de modo que alcanzó a ponerse sobre el otro, que quedaba aprisionado bajo el peso del cuerpo de aquel.

Con destreza y rapidez le quitó al pantalón y le dio media vuelta en la cama, hasta que quedó tumbado boca abajo y con solo su calzoncillo a rayas horizontales rojas y azules ocultando aquella perfección ondulante. La forma voluptuosa, tersa y redonda del lugar oculto por la tela le atrajo sin posibilidad alguna de dirigir su vista a otras partes de aquel cuerpo que se le ofrecía y fue la primera estación de este calvario de gozo que ahora comenzaba, donde se detuvo mordisqueándolo con ansia de niño ante una golosina que no logra meter de una vez en su boca para comenzar a saborearla. Guillermo iniciaba entonces un gemido ya de placer a la vez que sus movimientos incitaban aún más a Mario a seguir trabajando aquella parte ya bien trabajada de su anatomía. Eran unos glúteos poderosos, duros y muy bien formados, de tal manera que, si bien, había podido disfrutar de varias decenas a lo largo de su ya extensa carrera amatoria, nunca recordaba tal perfección como la que ahora tenía ante sí y de la que estaba dando buena cuenta con sus dientes por encima de la suave tela que lo cubría.

Bajó hasta los dedos de los pies y, primero en los del izquierdo y a continuación en los del derecho, fue repasándolos con su lengua. El sabor, mezcla de sudor, bacterias, piel y tejido, se convertía en su boca en un potentísimo afrodisíaco que le encendía aún más el deseo y le llevó en ese punto al extremo de pasar a otra dimensión en la que ya solo estaban los dos cuerpos y un deseo puro, limpio, sin límites y totalmente ausente de la realidad circundante. Algo así debía de ser el éxtasis místico, solo que ahora la carne estaba de verdad presente y llenaba todos los sentidos, lo único real. Se dio cuenta entonces de que el olfato era en él el acelerante sexual más intenso, el único de todos los sentidos que era capaz de arrastrar a los demás hacia lo excelso.

Recorrió ambas piernas con su lengua, que se resecaba apenas se había deslizado unos centímetros. El depilado reciente de Guillermo ayudaba a que su boca apenas encontrara resistencia en su caminar de los pies al origen de los muslos, donde la subida de la curva comenzaba, lugar en el que se detenía a disfrutar un segundo más y desde ahí otra vez hacia abajo en un camino que se repitió tres veces en la pierna izquierda y dos en la derecha.

Mario hizo una pequeña pausa para liberarse del calzoncillo que le incomodaba casi hasta el dolor, pues lo que quedaba preso estaba duro como el cemento y le molestaba en lo más delicado de la cabeza cada movimiento que hacía, obligándolo a bregar con dificultad entre la escasa tela de sus calzoncillos. Guillermo lo estaba mirando mientras quedaba totalmente desnudo y sintió un frío helador que le subía desde el bajo estómago hasta la garganta y más tarde se convertía en quemazón con que le encendía toda la cara y la cabeza como si estuviera a punto de explotar. No podía, no quería esperar más. Ese alimento precioso, aún cubierto a medias con su propia piel, en aquel momento tenía que estar ya en su boca, era eso lo único que deseaba en el mundo en ese instante, casi eterno, en que la razón había huido para dejar todo el poder al goce carnal.

Se giró sobre su cadera y en un movimiento de auténtico contorsionista atrapó con su mano derecha el enorme privilegio que se le ofrecía en todo su esplendor. Sintió que la presa estaba tan al rojo vivo como su cabeza en ese instante. Si se lo metía en la boca, cosa que estaba dispuesto a hacer en décimas de segundo, había riesgo de que se produjera una combustión incontrolada y todo comenzara a arder, pero a Guillermo le daba igual, estaba decidido a inmolarse en aquella pira del sacrificio. La realidad ya no existía, solo mandaban los impulsos, el instinto, la sangre. Ninguno parecía dueño de sus movimientos. Mario le impidió acercar la boca a su objetivo; con una mano en la cabeza logró detener el impulso mientras le susurraba "todavía no".

Se dispuso a bucear en su espalda. con trazos en zigzag que seguía con su boca. Recorría varias veces la espalda del otro, unas acompañado de su lengua, que iba dejando su saliva por donde pasaba, y otras tan solo eran los labios quienes, con el impulso de los besos, marcaban la senda del placer. Si bien se detuvo aún en el valle que formaba el final de la espalda y su unión con el monte poderoso —lugar donde su mente imaginó que podría quedarse a vivir para siempre—, el destino final donde acabaron sus besos fue el cuello, rodeándolo de nuevo con una nube de aliento y saliva que al receptor le hizo bramar de placer. Se dio la vuelta sobre sí mismo para quedar los dos cuerpos enfrentados, rodilla con rodilla, fuego con fuego, pecho con pecho y boca con boca. Se fundieron de nuevo en un larguísimo beso mientras Guillermo se iba desprendiendo de su calzoncillo y dejando que su arma buscara acomodo tras breve lucha con la de Mario entre los pliegues que formaban la zona genital.

Guillermo giró sobre sí mismo de nuevo, pero esta vez abrazado al cuerpo de su amante, de modo que las posiciones se invirtieron y una vez encima de él, comenzó a descender repasando y dando buena cuenta de las distintas estancias donde debían hacer breve parada y fonda sus manos, dedos y boca. Recorrió su cuello, las orejas, donde se detuvo el tiempo suficiente para que su lengua pudiera explorar los orificios ocultos entre pliegues imposibles. Mario movía la cabeza y se retorcía de lo que bien pudiera parecer dolor, cuando en realidad era la manifestación de un disfrute tan elevado que le impedía mantenerse quieto. Al descubrir en su amante este punto tan sensible lo repitió en la otra oreja, donde, con mucha más dulzura pero igual aplicación, descompuso de nuevo la quietud de Mario y le llevó hasta el extremo, tanto que por un momento pensó que acabaría ofreciendo su libación antes de tiempo si seguía insistiendo por esa senda. Y, como quería reservarle para más placeres, descendió por su cuello, su pecho y su abdomen, estos últimos cubiertos de vello. Desde ahí, su boca volvió sobre sus pasos hasta alcanzar el pezón derecho, donde se recreó jugando con su lengua y dando suaves mordisquitos que levantaban gemidos a quien los recibía. Atraído por el olor a macho que emanaba de forma especial de sus axilas, quiso explorar la más cercana y se aplicó con su lengua, en máxima expresión de una líbido brutal a aquel lugar, más blanco que el torso, más velludo y más irresistible, como fuente de inspiración animal.

Su mano izquierda ya estaba rodeando el centro del placer de Mario, muy húmedo en su extremo y duro como una roca. Se incorporó para bajar a esas latitudes, donde comenzó recorriendo con la punta de la lengua la parte alta de los muslos, provocando a cada contacto un golpe de aquel timón, consecuencia de nuevas oleadas de sangre que acudían a la llamada del instinto. Sus labios alcanzaron las viriles redondeces, calientes y suaves como piel recién salida de la noche. Labios, lengua, besos, saliva, aliento alrededor de aquellas, en constante movimiento dentro de su refugio, arriba y abajo, incluso dando la sensación de que cambiaban de forma y de tamaño. Todo esto para potenciar aquella fuente de vida que cada vez parecía más enorme, de cuya punta manaba a cada tanto ese almíbar, solo reservado a los iniciados, que era el líquido precursor, al que Guillermo se lanzó sin contemplaciones para saborearlo antes de que se perdiera entre la selva de pelo negro y enredado que rodeaba el sagrado altar eucarístico.

Cuando tuvo al fin lo que tanto anhelaba en su boca, sintió un escalofrío de placer que le recorrió la espalda y envió todavía más sangre a donde ya no había sitio para más, tal era la fuerza de la erección de Guillermo. Mario le obligó a cambiar de postura de modo que sus cuerpos se invirtieron para que a su vez este pudiera probar en su boca también la calidez y dureza de aquel, al que solo le hubiera faltado, para ser perfecto, el oscuro bosque natural que en esa parte de la anatomía suele crecer, ya que Guillermo había sucumbido también a aquella moda por la que muchos hombres sentían la necesidad de rasurarse esa parte dejando la zona falta de una mayor virilidad y, por ello, de un seguro atractivo y causa de excitación para aquellos a quienes, como en el caso de Mario, les atraía lo naturalmente masculino.

En esa posición de perfecto acoplamiento, en la que ambos disfrutaban de los manjares que sus respectivos cuerpos, bien en forma de textura, bien de sabor, bien de tacto bucal, les proveían, estuvieron unos minutos, hasta que, una vez más, Guillermo pensó que el otro estaba a punto de derramar toda su alegría por los impulsos que el testigo de esta iba emitiendo. Entonces cambió rápidamente de actividad, pues quería alargar el tiempo que se había concedido de disfrute de un paraíso tan deseado como era al que habían llegado. Volvió a abrazarlo, a besarlo, ya de una forma desatada, húmeda, animal y líquida, tras lo cual le giró para adentrarse en las riberas sacras de su gruta secreta, donde se aplicó brevemente con su lengua. El cuerpo de Mario le indicó claramente que estaba anhelando recibirle dentro y a Guillermo no le costó mucho adentrarse, duro y enhiesto como una saeta, con suavidad y sin apenas oposición en lo más profundo y sagrado del otro cuerpo. Este recibió el envite con un prolongado gemido que expresaba una mezcla de dolor y placer tan característica, que a Guillermo le excitó aún más y comenzó la lucha dentro de él. Mario gemía y le pedía más sin cambiar de posición y aquel no cesó durante unos minutos en sus embestidas, cuya intensidad iba alternando entre suaves y animales, como si quisiera castigarle por alguna travesura infantil. Este agarraba con las dos manos las nalgas, ya de por sí musculosas, pero en este acto duras como el acero, para apretarle contra las suyas y provocar o intentar provocar que penetrara más a fondo, pues quería sentirle bien dentro, quería llenarse de él. Sin salirse, en un ejercicio arriesgado digno de jóvenes gimnastas, cambiaron de posición de modo que Mario se puso encima y comenzó a controlar la cabalgada. Ahora era el otro quien más gemía, hasta el punto de verse obligado a taparle la boca para evitar un escándalo en el hotel o, al menos, para que los vecinos de habitación no sintieran demasiada envidia.

Lo cierto era que los gemidos, golpes y choques de la cama contra el tabique se podrían oír mucho más en la calle, a esas horas de la noche en que ni tráfico se sentía afuera.

Mario descabalgó de su montura, había sentido que no iba a poder aguantarse mucho tiempo y descargaría una lluvia blanca en el pecho de su amante de seguir tan solo unos golpes más. Y, como también él quería adentrarse en las profundidades de Guillermo hasta que reventara de placer, decidió que pospondría la derrama para un segundo asalto.

Le levantó las piernas y se metió en la boca aquello que apenas acababa de salir de su cuerpo, la repasó con la lengua y aspiró con fuerza intentando sorber toda la miel que aún esperaba a salir en los siguientes impulsos sanguíneos. Guillermo aulló de placer, especialmente, cuando Mario, sin sacarse de la boca la agradecida golosina, jugueteó con el dedo corazón, previamente humedecido en la boca de Guillermo, tanteando la puerta de entrada. En cuanto notó que se abría y franqueaba el paso, liberado de las ataduras terrenales, le metió el dedo hasta el final activándole su receptor del placer. La entrada ya parecía estar húmeda antes de que aquel dedo hiciera su trabajo. Por eso no lo dudó, supo que recibiría en su seno su sexo, ese que estaba esperando desde hacía mucho tiempo. Le penetró hasta el fondo mientras su amante emitía un largo gemido que indicaba que el objetivo de alcanzar al cielo en aquel cuarto de hotel se estaba empezando a cumplir. Mario dio varias acometidas feroces antes de ladearle el cuerpo para seguir entrando y saliendo pausadamente, pero sin parar en ningún momento; mientras, su mano aprisionaba su fusta y comenzaba a masturbarle. Guillermo le retiró la mano con decisión, mientras seguía con los ojos cerrados y gimiendo de placer sin parar, a la vez que le decía" no sigas, que no aguanto más".

Entonces quiso llevarle por las caderas hasta la esquina de la cama para ponerse él de pie fuera de ella y seguir bombeando con más soltura y regularidad, pero Guillermo se aferró fuerte a su espalda, de modo que quedó suspendido en el aire solo sujeto por sus brazos que iban alrededor del cuello de Mario y el sexo de este, que seguía inserto manteniéndolo acoplado a él, mientras sus piernas se aferraban a la cadera. En esa postura siguieron buscando el placer durante un par de minutos para terminar de nuevo ambos sobre la cama. Mario quiso entonces salirse del caliente refugio en que hubiera descargado su ofrenda, pero Guillermo se lo impidió apretándole fuerte contra él con las piernas, a la vez que le invitaba a embestirle sin miramientos, como si fuera un animal en celo. Mario se tumbó sobre él y le besó largamente mientras seguía con movimientos rítmicos conduciéndole al éxtasis. Guillermo apenas podía corresponder a su beso apasionado, pues no paraba de gemir, hasta que se le cortó la respiración, abrió los ojos desmesuradamente fijando la vista por encima de la cabeza del otro, sus músculos se contrajeron de tal forma que resultaba peligroso estar atrapado en su cuerpo en ese momento, como lo estaba Mario, finalmente emitió un gemido ronco y prolongado con la boca semicerrada de la que se le escapaba la saliva por ambos lados. La *petite morte*, la "pequeña muerte", había llegado. Derramó una buena cantidad de semen sobre su propio abdomen y el de Mario, dada la posición en la que se encontraban, y este sintió esa viscosidad caliente como un ungüento que le puso en el disparador. Se salió de Guillermo y quiso terminar él solo, pero este se lo impidió tomando en su boca el instrumento que tanto goce le había provocado para después masturbarle mientras le recorría con sus labios y su lengua los testículos, que subían y bajaban a buen ritmo hasta que ya no quisieron volver a descender un segundo antes de que su sexo se convirtiera en un enorme surtidor que regó su cuello, su pecho y parte de las sábanas donde en ese momento estaba tendido Guillermo, quien volvió de nuevo con su boca a la fuente, cuando esta hubo terminado de manar, pues no quería perderse el regusto amargo de la semilla líquida que aún rebosaba por tan dulce extremo.

Mario se tumbó a su lado, se miraron en silencio y volvieron a besarse, ya sin la urgencia a que la llamada del sexo les obligaba.

Guillermo se despertó algo aturdido. Tardó unos segundos en recordar dónde estaba, qué cama era aquella y quién el cuerpo que a su lado despedía aquel calor tan envolvente. No habría pasado aún una hora desde que se había quedado dormido, algo más tarde que su compañero de lecho, pero la inquietud y un sentimiento que le oprimía el pecho, más como una caricia, que, como una fuerza molesta, le volvieron a desvelar al primer ruido que se oyó en la calle, de los que de cuando en cuando se sentían con lejana nitidez en aquella habitación. Se quedó pensando en lo que poco tiempo antes había sucedido en aquella cama; y volvió a sentir una potente excitación. Hacía mucho que no había experimentado un encuentro sexual tan intenso, tan sincero y tan pleno como aquel y, además, ya sabía que una de las causas era que ahí había algo más, mucho más.

¿Se estaría enamorando? Parecía increíble y poco esperable, pues apenas acababan de conocerse y no habían experimentado aún nada juntos, no habían compartido más que unas cervezas y una cena. Y una batalla carnal como ya no recordaba, eso sí. No tuvo que reflexionar mucho tiempo para llegar a una conclusión: era muy sencilla, además. No, no se estaba enamorando, porque ya estaba enamorado de Mario. Desde antes de que apareciera en el teatro. Y era una sensación morbosa, que se había ido acrecentando desde que vio algo extraño en una de las fotos que su hermana había colgado en su cuenta de *Facebook*. Lo que empezó siendo curiosidad y, en buena medida, incredulidad, acabó por convertirse en obsesión. Y ahora estaba ahí, tumbado en la cama, desnudo y al lado del cuerpo también desnudo y muy apetitoso de aquel Mario que apareció en su red, como si hubiera sido un pescador quien la hubiera tendido, un buen día para recordarle el título de un relato olvidado en el vertedero de la mala literatura. Ahora sabía que quien se había enredado de verdad era el que había arrojado la red y no la presa que había caído en ella. No le resultaría ya fácil desenredarse.

Se levantó procurando no hacer ruido y con movimientos lentos para no despertarle. Mario seguía tendido de lado, con media cara hundida en la almohada y el torso, que se mantenía de perfil, a punto de caer a una posición en la que quedaría completamente tendido bocabajo. Dormía profundamente, o eso parecía, pues su respiración era muy lenta y rítmica, algo ruidosa, aunque sin llegar a emitir ronquidos. Guillermo se dirigió al baño, bebió agua, puesto que la cena, quizá algo salada, y sobre todo los ejercicios gimnásticos, a los que se había aplicado de veras, le habían producido sequedad en la garganta. Con el vaso de agua en la mano, se quedó de pie en la puerta del aseo mirando hacia la cama donde seguía durmiendo Mario. Lo contemplaba en silencio, le excitaba repasar su cuerpo tendido y agotado, aunque las sábanas le cubrían una pierna y la mitad de su espalda, pero el conjunto era realmente bello. Así lo consideraba Guillermo, que no apartaba la vista de aquel cuerpo iluminado por luces muy tenues de la calle y cierta claridad que se escapaba del baño donde estaba encendida otra luz secundaria.

Entonces lo entendió todo. Estaba ya predispuesto, pero aquel hombre era realmente irresistible. Tenía algo difícil de definir que te arrastraba con fuerza animal y anulaba la voluntad. Guillermo no habría opuesto resistencia al amor, si venía de cara y se presentaba limpio. Aunque estaba escarmentado de alguna historia turbia que le había hecho perder más energías de las que merecía, no se había despedido de la posibilidad de encontrar a la persona adecuada. Pero aquel no podía ser esa persona. ¿Quién hubiera podido esquivar el envite de la llamada de aquel hombre que ahora dormía a dos metros de él?

Desde luego Rafa no pudo. Ahora entendía por qué. Ahora se veía él en el puesto de Rafa tanto tiempo después y sentía que, incluso con la experiencia que dan los años, también hubiera caído en esa red, que invisible y sin intencionalidad, estaba ahí, en medio del camino.

Posiblemente las arañas no planean el tejido de sus redes, simplemente las tejen porque está en su naturaleza; el instinto las empuja a hacerlo y, después se alimentan de las presas que caen en ellas, pero es probable que cuando tejen sus telas no piensan en la recompensa nutricional que llegará como consecuencia de ello. Así mismo entendió Guillermo que actuaba Mario; no habría mala voluntad en sus actos, o, mejor, en sus redes invisibles, pero el resultado era el que era: alguna culpa tendría, pues. Guillermo entendió que no podría olvidarse ya de Mario y que no sería fácil vivir sin sentir que de algún modo le pertenecía o seguía estando unido a él. Eso fue lo que pasó también con Rafa, no había duda.

Ahora volvía a su mente con claridad aquella foto y no había ya ninguna vacilación: era Rafa quien estaba al lado de Mario en aquella reunión familiar. No sabía bien qué celebraban, porque Ana no lo especificaba, pero por alguna razón, pensaron que debían acudir juntos, a pesar de lo celoso de su intimidad que se mostraba en casi todas las demás apariciones gráficas. Y las fechas cuadraban. La foto era antigua, no se refería a nada del momento de publicación, tan solo formaba parte de una serie de cuatro o cinco más que mostraban el paso del tiempo en el grupo familiar.

Guillermo seguía excitado mientras contemplaba el sueño de Mario. Pero también dejó asomar un par de lágrimas que rodaron por su cara y se perdieron entre el vello de su barba de unos días. Sentía tristeza por Rafa, pero también por sí mismo. Volvió a meterse en la piel de aquel Guillermo mucho más joven, abandonado por su primer y único amor, sin más explicación que la de que se había enamorado de otro. No podía haber una causa más definitiva, pero entonces no lo había logrado entender. Ahora sí. Ahora veía a Mario disfrutando de aquel cuerpo joven y tan hermoso de Rafa, compartiendo sus inseguridades y aconsejándole para vencer aquella timidez, que a Guillermo siempre le pareció encantadora, pero que Rafa llevaba con muchas dificultades y problemas. Se los imagino en su cabeza juntos y felices, pero enseguida recordó lo que Mario le había contado hacía unas horas, referente a que en esa relación solo había habido sexo, buen sexo, sí, pero solo eso. Y, entonces dejó de pensar en ellos como una pareja feliz. Volvió a sentir lástima, ahora ya otra vez de Rafa, a quien colocó en su mente, de nuevo vivo, y lo vio arrastrado inevitablemente por el suero del amor que creyó encontrar en Mario, mientras este solo veía en Rafa un objeto de deseo con quien nunca podría pensar en proyectos de futuro; así mismo lo había expresado.

A propósito no quiso decir su nombre, Rafael, cuando le contó su historia en la cena, pero Guillermo esperaba que, a pesar de ello, Mario reconocería a su amante en aquellos relatos. No era posible que no encontrara algún punto de coincidencia que le hiciera relacionar. Pero, desde luego, el episodio de su final, la trágica desaparición de Rafa tenía que haberle hecho reaccionar de alguna forma. ¿Por qué no se había inmutado? ¿Era posible que no hubiera sabido más de él tras la separación? ¿Era creíble que ese trágico final de aquel con quien había compartido su vida hasta apenas unos meses antes pudiera pasarle desapercibido? Aunque la ruptura hubiera supuesto el corte radical de cualquier comunicación, como a menudo sucede, no es razonable pensar que Mario desconociera el destino último de su amante. Era evidente que, sabiéndolo, quiso disimularlo. ¿Por qué? ¿Se sentía culpable? ¿Sabía en realidad quién era Guillermo y qué relación tenían? ¿Qué tipo de persona era, en definitiva, el hombre que dormía en ese momento sobre aquel lecho que horas antes había sido campo de batalla amatoria? Lo oía respirar, veía su cuerpo en penumbra apenas cubierto con la sábana y sentía que volvía a subirle el deseo, un sentimiento ya contaminado con las dudas, la voluptuosidad, el rencor, la pasión, los reproches, el odio, el amor.

Y entonces, apareció Dam, el actor, el creador de personajes, la estrella mediática, el encantador de serpientes, el que decide cuál es la vida que quiere vivir, el que habita en las mismas raíces del ser de Guillermo.

Desde la posición en la que estaba, apoyado en el marco de la puerta, Guillermo asiste a la escena final de la noche que Dam le había preparado. Lo vio dirigiéndose con mucha parsimonia hasta la ventana. Se asustó cuando acertó a adivinar las intenciones de Dam al quitar uno de los cordones que tenían las cortinas para sujetarse recogidas. Inmediatamente quedó claro que eran tan solo un adorno, pues la cortina siguió en la misma posición sin el cordón que él había desatado. Rodeó la cama para abordarla con sigilo desde el lado opuesto al que descansaba en ese momento Mario y, con mucho cuidado, se situó de rodillas a su lado. En ese momento dormía ya completamente bocabajo, con la cabeza ligeramente ladeada para que le permitiera respirar sin asfixiarse él mismo con la almohada.

Guillermo lo contemplaba todo como en una película antigua con imágenes difuminadas por la escasa iluminación de la habitación donde se desarrollaba la escena. Observó cómo Dam se inclinaba para inspeccionar el cuerpo desnudo y apaciblemente dormido y sopesar las distintas posibilidades. Al darse cuenta, con una pequeña prueba de resistencia, de que aquel cordón, creado tan solo para mera decoración, no aguantaría una mínima fuerza que se le aplicara, desistió de seguir adelante con lo que se disponía a hacer. Vio que volvía sobre sus pasos fuera de la cama y se puso a buscar sus pantalones de los que recuperó su cinturón, aún en la parte alta de aquellos, sujetado por las trabillas. Le pareció que aquello sí resistiría cualquier oposición.

Dam volvió a situarse en la cama ya con el cinturón, más o menos manejable, mientras lo pasaba con cuidado, para no despertar a Mario alrededor del cuello. Se aseguró de que todavía dormía, beso su nuca y, con todas sus fuerzas, apretó en un ejercicio que tensó los músculos de sus brazos, pero también los de su cuello y su espalda. Las horas de gimnasio al fin habrían servido para algo; ahora darían su fruto en aquel lecho, que una hora antes aún lo era de amor, pero que estaba a punto de convertirse en un lecho de muerte.

La escena mostraba entonces a Mario despertando e instintivamente llevándose las manos al cuello para intentar librarse de la fuerza que le impedía respirar al mismo tiempo que le producía una quemazón muy intensa. No podía articular palabra, pero comenzaba a revolverse con todo su cuerpo, cuando Dam se puso a horcajadas sobre su espalda y lo inmovilizó con las piernas, que apretaba, a su vez, para aprisionar su tronco e impedir que se moviera de su posición inicial. Aquello no parecía como en el teatro. A la madre, el hijo la estrangulaba con rapidez, podía decirse que con dulzura, que resultaba elegante, mientras que ella apenas oponía resistencia. Sin embargo, el cuerpo de Mario no se mostraba como el de la anciana que se había resignado a su muerte. En este caso, seguía pataleando, pues las piernas era lo único que le quedaba libre y levantando a golpes el torso desde la posición en la que estaba. Pero Dam no soltaba la presa y, en la lucha, forzaba la musculatura hasta que dolía, pero sin dejar de perder intensidad en la presión que producía sobre el cuello y el torso de Mario, tal era la carga de adrenalina que debía de estar generándose en ese instante.

Finalmente, durante unos segundos los movimientos de defensa comenzaron a disminuir hasta que se apagaron por completo. Ya no se oía respirar y el cuerpo parecía inerte. Estaba muerto.

Guillermo reaccionó entonces. Como recién despertado de un sueño, se puso en movimiento y buscó su ropa por toda la habitación. Se vistió con calma procurando no hacer ningún ruido. Debía abandonar así a Mario. No lo volvería a ver más. No hubiera soportado la vida que se le ofrecía en adelante. Había que cortar antes de que estuviera demasiado crecido el fruto, fuera lo que fuere ese fruto.

La noche de diciembre sería heladora afuera, así que se abrigó bien, pasándose la bufanda dos veces por cuello y cara y, tras comprobar que no se olvidaba nada, se dirigió a la puerta. Desde allí echó una última mirada al cuerpo de Mario, bocabajo y con apariencia de placidez, y entonces notó que otra lágrima estaba a punto de precipitarse sobre el rastro de las que habían caído un poco antes; una lágrima huérfana, pues no sabía bien por quién se derramaba esta vez. Salió, cerrando la puerta con mucho cuidado.

Seis y media de la mañana

Tengo que echar gasolina, que no se me olvide. Con esto no llego a Valencia. Pero ¿por qué hay gente ya en la calle a estas horas?, o quizás es que aún no se han recogido. Eso puede ser. Eso será seguramente. En Madrid no se madruga tanto, ¡y menos en estas fechas! Solo yo madrugo; solo yo no duermo; porque no he dormido hoy. He tenido que hacer algo más importante. Ha sido lo más importante que he hecho en mi vida; y estoy aquí, tan ancho, como si no hubiera pasado nada. He descubierto el verdadero paraíso, pero he tenido que quemarlo y salir de él; nadie más puede disfrutarlo, si no, ya no sería mi paraíso. Está muerto. No, no está muerto. Eso es lo que tú hubieras querido, que desapareciera para siempre. Sí, lo he matado con estas manos. ¡No!, no lo has matado; has imaginado que lo matabas. Tanto inventarte personajes has acabado inventando a un asesino, al asesino de tu mayor gloria. Has pensado en acabar con la fuente del placer, porque nunca habías creído encontrar nada igual. Te has crecido y has ideado lo que pensabas que sería una buena historia, un buen final de una historia. Pero no. No has matado a nadie; como tampoco matas cada día a tu madre en un banco de la residencia en donde vive recluida. Fíjate que cada noche tienes que volver a matarla, porque ha quedado algo viva, ¡demasiado viva!, diría yo. Tanto músculo, ¿para qué?, si ni siquiera tienes fuerza para estrangular un cuello tan frágil, tan débil.

¡Imbécil! ¿Quién ese ese idiota que pita ahora? Aún no ha salido el sol, la gente duerme, no los despiertes. ¿Qué te molesta de mí?, voy bien, por mi carril, no te he estorbado en nada. ¡Tenía las luces apagadas! ¡Ah, claro! Era eso lo que quería; no me insultaba, me avisaba amablemente. Pero ¿cómo se puede avisar amablemente a nadie con esas estridencias sónicas? ¿Por qué no han inventado algo mejor? Podemos mandar máquinas a otros sistemas solares y no somos capaces de inventar cosas que nos vuelvan amables. ¿Hay que emitir esos sonidos igual para advertirte, que, para avisarte, que para agradecerte? Nada cuesta un dispositivo que envíe una señal al otro coche en que le aparezca una voz dulce diciendo "enciende las luces, encanto, que aún está oscuro y puedes tener algún problema de tráfico", por ejemplo. Pero no, será mejor así, piiiiii, para que se te clave en los oídos como un alfiler. ¡Perdona!, no debí insultarte, gracias por el aviso. Pero ¿qué estoy diciendo? Si no me oye, si nunca me ha oído, ni siquiera cuando le llamé imbécil.

Tampoco me oyó Mario cuando me fui de la habitación. ¡Estaba tan dormido! ¿Cómo se puede dormir así, cuando acabas de conquistar la cima del Everest? Porque aquello fue un polvo de verdad, eso no se alcanza todos los días. Pero se quedó dormido y ni siquiera escuchó mis movimientos buscando la ropa y vistiéndome. Los hubiera oído si no le hubiera estrangulado antes, nadie puede no darse cuenta de que la cama donde estas durmiendo se mueve. Pero estaba ya muerto, claro. Esa fue la historia que te inventaste, como te inventas otras cada día. ¿Qué vas a escribir hoy en tus redes? ¡Dime!, ¿qué nuevo "hilo" tienes preparado para tus miles de seguidores como regalo de navidad? Porque sabes que esperan tu regalo. ¿Les vas a hablar de Mario? No, porque él es uno de ellos. No le gustará. Claro que ya no va a poder leerte. ¿O sí? ¿Querrá seguir leyéndote cuando se despierte y vea que has desaparecido sin ninguna explicación? No podrá seguir leyéndome, de eso me encargué hace unas horas. De igual modo que no va a poder seguir amándome. ¿Me amaba? ¿Me amaba ya antes de conocerme? ¿De quién se había enamorado? ¿Le amaba yo? Ya no podrá jamás envolverme en su red; no podría soportarlo. En esa misma red quedó enredado Rafa; y él ya no pudo salir nunca de ella; era un pececillo que no estaba aún listo para ser capturado, pero cayó en sus redes y ya no quiso salir de ahí; incluso cuando Mario lo soltó para que siguiera nadando. No, Rafa no quiso seguir nadando una vez hubo atisbado las frutas de Tántalo. No me dejaste que te acompañara en ese viaje, Rafa. Lo hubiera hecho, porque seguía enamorado de ti; sigo enamorado de ti, por eso encontré en Mario tu herencia. Fue una especie de conexión absurda que me unía a ti a través de un amante común, pero no eras tú. Por eso él tenía que acompañarte en tu mismo destino.

Tengo que echar gasolina. Ya está saliendo el sol y la ciudad va quedando atrás. En el área de servicio paro a repostar. A ver si me voy a quedar tirado en medio de la autovía con esta helada. ¿Cuánto puede haber fuera?, ¿menos 5 grados? No, no tanto: esto marca 0 grados. ¡Pocos me parecen! ¿Pocos, 0? Cualquiera que me oiga: 0 son pocos, ¡ahora sí que! 0 es la nada: nada, cero, no es poco, es nada. Cosas del lenguaje. Y la nada me parece poco. ¡Qué difícil de explicar!, y, sin embargo, todos lo entendemos, nos acostumbramos a estas cosas tan absurdas, de modo que a quien revela la absurdez lo llamamos absurdo. Nos gusta jugar con el lenguaje, con el concepto; lo retorcemos y nos inventamos relaciones imposibles; eso es lo que más nos gusta. ¿He hecho alguna vez algo distinto que no sea inventar, inventarme, inventar a otros? Aún distingo lo que es real de lo que no lo es, ¿o no? No estaría tan seguro de poder hacerlo. Mario no es real, ¿o sí? No lo es, he acabado con él. Pero sigue siendo real en su mundo, aunque lo hayas echado del tuyo. He acabado con él en mi mundo, que es el único que existe, porque es el único del que puedo dar fe, lo demás son creencias. También mi padre me expulsó de su mundo, desde el momento en que no quiso aceptar la realidad. Me expulsó por completo. No se puede aceptar de alguien solo una parte y negar el resto. Yo soy yo. Entero. También con mis adornos. Porque todo se adorna. No podríamos soportar la realidad desnuda, cruda. El hombre dejó de ser simio cuando se colgó una pequeña piedra que brillaba de forma extraña de su cuello; o cuando se pintó la cara o la espalda con algún tinte natural que imitara la sangre que corría por dentro. Entonces empezó a ser hombre, entonces empezó a evolucionar. Desnudos no avanzamos, hemos de disfrazarnos, de vestirnos, de embellecernos. Y hasta aquí hemos llegado.

No circulan apenas coches, claro que aún es pronto, aunque haya salido el sol. Quizá la gente ha empezado a salir ya el fin de semana. Eso debe ser. ¿Habrá salido ya también Mario? Habría salido, sí. Si hubiera podido. Pensaba tomar el primer tren que partiera rumbo al mar Cantábrico. Nuestros caminos son definitivamente del todo divergentes: tú al Cantábrico, yo al Mediterráneo; tú a Boston, yo a California; tú al Norte, yo al Sur. Pero no habrás podido. ¿Por qué te metiste en mi vida? No te bastó meterte una vez para jodérmela para siempre, no; tuviste que volver, como un mesías, a terminar tu obra. Nadie te llamó, nadie te esperaba, había aceptado mi destino, mi suerte; estaba ya acostumbrado, no iba a volver a enamorarme, y tuviste que aparecer. Otra vez. Además, así, a cara descubierta, sin máscara ninguna. ¿Acaso no sabes que en estos tiempos todos necesitamos máscaras? Tú no, tú, hasta para eso, distinto, a pecho descubierto. Si al menos hubieras entrado por la puerta falsa como Salvador, pero no, descubriendo tus cartas desde el principio. Tú no necesitabas ni un solo adorno para parecer mejor, para parecer aceptable, para parecer auténtico. ¿No ves que ya no estamos acostumbrados a la cándida desnudez? Así nos desarmaste, así me desarmaste y en el cuerpo a cuerpo tuve que acabar contigo, porque, de otro modo, no hubiera resistido un asalto más.

Ahí hay una gasolinera, ¿estará abierta? Aún es temprano. Bueno, ya no tanto; en todo caso la mayoría ya son de veinticuatro horas en esta ruta. No tengo estómago para meter nada dentro, pero debería desayunar algo. No voy a parar ya más en todo el camino y dentro de un rato tendré hambre. Sueño no, aunque no he dormido. Sueño no, ya he tenido demasiados sueños en las últimas horas, no me puedo permitir el lujo de dormir ahora. Tengo que seguir huyendo, aún estoy cerca del cuerpo del delito; debo continuar sin parar. pero tengo que echar gasolina. O mejor me espero a la próxima estación de servicio, supongo que no estará muy lejos, así aprovecho y voy haciendo hambre, como si el hambre se pudiera hacer tan fácilmente. ¿O sí se podía hacer tan fácilmente? Claro, tan solo había que esperar, se hacía solo, aquí sí que no era necesario inventarse nada. El hambre no se inventa, el hambre es real, demasiado real. ¡Qué sabré yo lo real que es! ¡Ni que hubiera pasado hambre alguna vez! ¡Hambre de amor! ¡No seas tan cursi, por Dios!, no te pega ese estilo. Pero lo he pasado. Pues ahí tenías un buen bocado y lo diste, ¡vaya si lo diste!, tanto que te lo acabaste de una vez. No podías dejar nada para ir dosificándote una buena temporada. No, no podía, tenía que acabar con él. Menos mal que llevaba el cinturón; con aquel cordón no hubiera podido. Las cosas no son en la realidad como en el teatro. Fíjate, con un cordón menos resistente mato cada día a mi madre, y casi sin oponer resistencia. Pero ya ves que en la realidad los cordones de las cortinas de los hoteles no valen para estrangular, se hubiera roto y entonces, ¿qué?, ¡menudo papelón!, no hubiera resistido la vergüenza, ir a asesinar y quedarte a la mitad porque se te rompe el arma. ¡Ni en las películas de serie B! Pero ya estás otra vez mezclando tus deseos con el mundo real. ¿Qué cinturón?, ¿qué cordón? En aquel hotel no había cortinas. ¿No recuerdas que solo había antiguos cuarterones de época? ¿Y cuándo fue la última vez que usaste tú un cinturón? Solo en el teatro, pero luego lo dejas en el camerino. Es verdad, no lo llevo puesto; quizá se me olvidó en la habitación. ¿De verdad no uso cinturón? El hijo de *El Patio* sí lo usa; debería empezar a usarlo, me ceñiría más la cintura y quedaría más sexy. Mario se veía sexy incluso con el cinturón al cuello.

Se me ha olvidado el regalo que había comprado para Miguel. ¡Soy un desastre!, y mira que lo pensé varias veces ayer por la tarde, pero como no quería meterlo en la maleta más de lo imprescindible para que no se estropeara. ¡Mira!, ahora estará encima de la cama, esperándome a que vuelva. ¿Voy a volver? ¿Cuándo? ¿No debería estar un tiempo huido? Como mi padre, huido como mi padre. ¿Se acordará de nosotros alguna vez? ¿Se acordará de mí? ¿De verdad ha podido borrarme de su historia? Desde luego lo parece. ¿Cuánto tiempo hace que no sabes de él directamente? ¿Me veré algún día interpretando frente a él el mismo papel que desarrollo cada tarde en el teatro? Sería divertido, porque ya me sé el papel; jugaría con ventaja sobre él, incluso me sé el final. ¿De verdad? ¿Acabarías estrangulándolo? ¿Serías capaz, si supieras que estuviera permitido, que, justificándolo con una causa incontestable, se podría matar a tu propio padre? No le haría ese favor. En esta obra, mi madre me lo está pidiendo sin decirlo claramente; de hecho, al final me da las gracias. La he liberado, la he liberado de mí definitivamente, como acabo de liberarme de Mario aún antes de que se hubieran cerrado las puertas de la cárcel en la que me hubiera metido sin remedio.

Aquí sí tengo que parar, el sol ya me está dando de frente, nunca me acuerdo de que no es buena idea salir hacia el este tan pronto. Si al menos estuviera nublado. Pero no, sigue helando, 0 grados afuera, la nada más absoluta. Pararé a echar gasolina, algo podré meter en el cuerpo, un café y algo de bollería. ¿Habrán llegado ya las primeras hornadas del día, o tendré que comer las sobrantes de ayer, que ya estarán chiclosos? Está abierto, pero no se ve a nadie. Como siempre tendré que servirme yo mismo. Ya estoy acostumbrado, llevo toda la vida sirviéndome yo mismo de todo lo que voy necesitando, aunque no siempre acierto, pero no me va mal. ¿O sí? ¿Y a quién le va bien? A Dam, a ese sí le va bien. Dam es un espíritu libre y muy aclamado, claro; todos quieren ser como él. Si lleva una vida de película; incluso en los momentos duros parece que brilla un sello de distinción. Normal, si es que se lo pone él mismo. Eso sí es vivir, aunque hay quien cree que no es vida. Hasta me contagia su vitalismo y alegría. Nadie que le vea en el teatro o le siga en las redes puede pensar que su vida no merezca la pena. Le tengo envidia hasta yo. Pero tengo que respetarle, por él llegué hasta Mario, y por él tuve que deshacerme de Mario. ¿O fue Dam, quien acabó con Mario?

Tengo que servirme yo mismo, como de costumbre. Espero que al menos haya alguien en la cafetería. Sí, hay alguien. Vamos allá.

Entró en la cafetería de la gasolinera y pidió un café y una tostada, pues no había llegado aún el reparto de la bollería. Mientras esperaba a que le prepararan tan frugal desayuno, abrió su móvil para consultar su cuenta de Twitter. Tenía más de doscientas notificaciones, pero no le apetecía ponerse en ese momento a revisarlas, ni mucho menos a contestar nada. Tan solo escribió un tuit que decía: "Seguimos adelante". En realidad, no lo pensó mucho y no pretendía que nadie se estrujara el cerebro buscándole significados recónditos, que no tenía; tan solo se trataba de indicar a sus seguidores que estaba ahí, que no se había ido.

Se tomó con bastante parsimonia el desayuno, pues seguía dándole vueltas a la noche pasada y todo lo que en ella había sucedido.

Antes de reemprender la ruta, volvió a mirar su perfil en la red. Además de las indicaciones "me gusta" a ese último mensaje que acababa de enviar, que pasaban de cien en tan solo cinco minutos, le llegó una notificación que le felicitaba por haber alcanzado cien mil seguidores. Ya era una auténtica estrella.

Múnich, 8 de abril de 2021.

Índice

En Ediciones Atlantis tenemos
una nueva forma de ver la literatura,
donde el espíritu creativo, el corazón,
el estilo y el pensamiento caminan juntos.

Atlantis Ediciones
Narrative Books

Calle Virgen de las Nieves, 62
28300. Aranjuez (Madrid)
www.edicionesatlantis.com
atlantis@edicionesatlantis.com

* (76) autobiografía ?

* 134

Nota

- ¿cuál es el amor de mi vida?
- Seit 78 → ¿me he vuelto una incrédula? ¿escéptica?
- Seite 153